Elena Pigozzi

Come difendersi dai Milanesi

vogliadiridere

GIUNTI DEMETRA

Al *sanzenato* che amo di più al mondo, a cui devo tutto.

Un sentito ringraziamento a Giorgio milanista *casciavid*,
amante delle circonvallazioni, interne ovviamente;
a Enzo Gentile – *apuleo natione, Mediolani moribus* –
automobilista modello, prezioso conoscitore di tangenziali,
raccordi, svincoli tattici...;
a Laura, preziosa amica che a Milano ci abita...

Illustrazioni di Roberto Bonistalli.

www.giunti.it

Via Bolognese 165 - 50139 Firenze - Italia
Via Dante 4 - 20121 Milano - Italia

Ristampa	Anno
7 6 5 4 3 2	2010 2009 2008 2007

Stampato presso Giunti Industrie Grafiche S.p.A. - Stabilimento di Prato

SOMMARIO

Introduzione: Milano a portata di mano

Tutto quello che volevate sapere sui milanesi ma non avete mai osato chiedere

"Milano a portata di mano..." cantava Lucio Dalla. E la città è così a "portata di mano" che a Milano prima o poi ci passiamo tutti.
I più ci vengono da sprovveduti. Come la sottoscritta, che quando arrivò in stazione Centrale dopo due minuti si ritrovò – senza essersi mossa – in piazza Duomo circondata solo di piccioni, ad ammirare in cima a un palazzo l'insegna luminosa che proiettava l'indice Mibtel. "Milano, che banche, che cambi" la illuminò Lucio – per la giovane sprovveduta *nomen atque omen*...
Allora e solo allora prese coscienza di non essere in piazza San Marco, come riteneva dal considerevole numero di piccioni... **Solo allora comprese di non essere a Venezia**. Ma di sicuro a Milano. Per via dell'indice Mibtel, ovviamente.
Tenace, ferma e salda nei suoi propositi fino al paradosso che rovescia la realtà come un guanto, non volle quindi darsi per vinta e cedere all'ipotesi di avere sbagliato treno. Pensò che era il Destino che l'ave-

va infilata nel giusto binario. Il treno che aveva preso, era quello che le avrebbe cambiato la vita.
Così iniziò a vivere tra persone che parlavano un'altra lingua e vivevano in modo un tantino eccentrico. Molte erano le cose che avrebbe dovuto sapere. Ma chi gliele avrebbe spiegate? Chi gliele avrebbe chiarite? E soprattutto: chi l'ascoltava?
Lei, tenace, ostinata, forse un tantino tonta direte giustamente voi, imparò sulla sua pelle. E dopo avere trascorso due mesi al centro ustioni decise di mettere sulla carta la sua esperienza. Durante la lunga degenza ospedaliera decise di diffondere a tutti quanto aveva imparato. La sua è una missione.
Per questo quello che avete tra le mani non è un libro: è una lanterna della sopravvivenza. A più interpretazioni: letterale, metaforica e anagogica... Potete scegliere quella che ritenete più valida. Va bene anche la metafisica e la buddista...

MILANO E IL MONDO

Milano *caput mundi*. Il mondo è Milano. Tutto il resto è Terronia. Non c'è mondo fuor di queste mura, ma solo campagna, provincia, sud.
Questo significa che tutto nasce a Milano. **Qui si produce, si crea, si forgia, si inventa**.
E questo lo sa tutto il mondo. Che elegge Milano a sua capitale morale. È Milano che guida, insegna, illumina gli animi e infiamma i cuori. È Milano che indica la retta via che deve seguire il resto del Mondo...
Anche perché il mondo è Milano. Il resto è campagna, provincia, sud.
Del resto a Milano nasce proprio tutto. Non solo tailleur, giubbotti, tacchi a spillo e zeppe, ma anche tv, giornali, siti web, mondi virtuali e fenomeni paranormali. Non solo l'MMP, Media, Moda e Pubblicità.
Nascono grandi movimenti ideologici, idee geniali, iniziative grandiose. Poi, una volta creati, i milanesi, padri fondatori generosi e liberali per nulla possessivi, lasciano che proseguano per la loro strada, vogliono che procedano secondo la loro natura... È il peccato di troppa generosità dei milanesi. Basta sfogliare la storia recente per rendersene conto. I fatti del passato prossimo.

TUTTO NASCE A MILANO: QUI SI PRODUCE, SI CREA, SI FORGIA.
DIO È MILANESE!
R.

Ecco Milano dell'"Avanti", il quotidiano fondato nella capitale lombarda nel 1896 e diretto per qualche anno anche da Benito Mussolini. È la città delle lotte di classe e della nascita del partito socialista...
È Milano "capitale morale" da cui per la prima volta in Italia si tiene a battesimo un'emittente radiofonica. È la prima sede della radio, che finita la guerra diventerà la prima sede televisiva. Milano prima di altre città. Soprattutto prima della tanto odiata Roma, che poi però la raddoppierà per numero di studi tv.
E ancora: il boom economico scoppia dalla "Milano che lavora". Sono gli anni di Enrico Mattei e del "Giorno", tanto per contestualizzarli.
Milano è anche 12 dicembre del '69, la bomba di piazza Fontana, i rumori, i boati, gli spari degli "anni di piombo".
Infine, a Milano prende il via la grande inchiesta giudiziaria "Mani pulite", esportata in tutto il resto d'Italia. Il marchio doc è meneghino. Il resto è piatta imitazione. Era la "Duomo connection" a riempire le prime pagine dei giornali.
Milano, infatti, è stata la prima città italiana ad essere soprannominata "Tangentopoli", la città delle tangenti, nome simbolo della fine degli anni '90. Poi, come vuole la regola ambrosiana, seguirono a ruota le numerose riproduzioni, i calchi, i cloni... Anche questa volta, *historia magistra vitae*, diffidate delle imitazioni...

La nebbia non è più quella d'una volta...
La nostalgia del buon tempo andato, ovvero la Milano senza le mezze stagioni

Milano non è più quella di una volta. È il *leit motiv* ripetuto e cantilenato sia da chi a Milano c'è nato sia da chi ci abita da qualche anno. E a prova inconfutabile dei tempi che cambiano viene avanzato nientemeno che quel fenomeno atmosferico che abbassa la visibilità e avvolge, ammanta case, vicoli e persone. La dimostrazione tangibile del tempo inesorabile, che spazza via attimi e cose, sta proprio lì: nella nebbia.

Anche la nebbia non è più quella di una volta. Una volta, raccontano i milanesi, la nebbia si tagliava a fette. Ora è come sfumata. Non succede più di cozzare addosso ai pali della luce, o di schiantarsi contro un palazzo.

Non capita più di andare addosso a una bella donna a causa della nebbia. Senza nebbia non nascono più storie d'amore, né passioni travolgenti, accecanti, così romantiche perché avvolte da un alone misterioso e umidiccio.

La nebbia non c'è più e **con essa è sparito tanto romanticismo**. È stato tolto quel velo candido che faceva conoscere le cose a poco a poco. I tempi moderni se la sono portata via, lasciando al suo posto la fredda evidenza. Insomma oggigiorno non si scopre più nulla, ma tutto è reso esplicito. Forse per questo la nebbia non c'è più...

Milano e la pioggia

Città mitteleuropea, cuore degli affari internazionali e centro finanziario di livello paragonabile solo alla grande Londra, Milano ha in comune con la capitale inglese l'amore per la pioggia. Un milanese doc si riconosce infatti dal suo desiderio di acqua che scenda dal cielo. Che sia fitta, continua. Che duri anche giorni, settimane. Perché si sa, la pioggia "lava", pulisce. Secondo le argomentazioni dei milanesi un po' d'acqua fa bene. Fa bene ai reumatismi, alla circolazione, alla vista. Il sole acceca, sporca e rende nervosi, non fa dormire. La pioggia calma e rilassa. Il sole è motivo di stress e irascibilità.
Quando piove, l'*animus mediolanensis* è come in ascolto: pronto a sentire anche gli impercettibili rumori dell'acqua che cade sui tetti, sulle strade, sugli ombrelli. È, insomma, disposto al torpore e al relax. Non stupitevi quindi se dopo giorni di fastidioso sole, di cielo limpido e azzurrissimo, il desiderio dei milanesi si concentra sulla pioggia. Il vostro animo non è disposto ad accogliere questa musica rilassante, magari solo un pochino umidiccia? Se è così non siete ancora entrati appieno nella concezio-

ne della vita milanese. Siete ancora alla fase "principianti", e sappiate che avete molto da lavorare. Dovete fare esercizio. **Provate a stare qualche ora sotto il getto della doccia**. Vi abituerete al rumore dell'acqua e alle sue qualità benefiche.
Poi passate ai commenti ad alta voce. Dovrete esprimere solo esclamazioni di gioia di fronte ai nuvoloni neri, al cielo che si ingrossa. Siate felici di fronte al cielo grigio "su", alle "foglie gialle giù", e soprattutto non cercate "un po' di blu dove il blu non c'è...".

Milano e la neve

Se c'è un evento che manda letteralmente in bestia i milanesi, è la neve. Tanto l'*animus mediolanensis* si ispira davanti a goccioloni d'acqua, nuvoloni neri, pozzanghere belle ampie e capienti, altrettanto si trasforma in idrofobo, irascibile, irritabile e astioso di fronte a quella bianca precipitazione atmosferica in forma di candidi fiocchi... Più verde e rabbioso di Hulck, il milanese è pronto a sfidare l'intemperie e la natura stessa. Al primo fiocco bianco, in perfetta divisa da skilifaro – scarponi chiodati, pile, giacca a vento e panta k-wait griffati (perché anche lo stile deve essere confermato sempre e ancor più nei momenti drammatici) – il milanese si accinge a sistemare le catene all'auto, persino, e soprattutto, se possiede un fuori strada con 4 ruote motrici e pneumatici di ghisa.

È il solo modo per affrontare il pavé, sfidare i binari dei tram, annientare i pedoni incantati.
Quindi passa al piano CdS, cioè cloruro di sodio, programma strategico che scatta al secondo, massimo terzo fiocco di neve. Laddove si profila un varco, un ingresso, un piccolo imbocco, il milanese accorto e prudente provvede a cospargervi intorno una spessa coltre di sale grosso, che non solo neutralizza sul nascere la formazione dei cristalli di ghiaccio, ma conferisce all'ambiente quel gradevole profumo di mare, che tanto intenerisce i cuori dei *lumbard*.
La prudenza però non è mai abbastanza, e la perfidia del bianco batuffoletto sa aggirare sale e segatura, e insinuarsi tra le pieghe della strade lastricate, trasformandosi in compatto strato di ghiaccio. Mosso dal Dovere supremo (con la "D" maiuscola), il milanese non si dà per vinto e, salito in auto, pronto per recarsi in ufficio, dà inizio al piano C: il clacson. Entrato nell'abitacolo, agguantato il volante, fronteggia la candida precipitazione a suon di tromba, la sola arma che gli rimane per neutralizzare il nemico che piove dall'alto. Per questo, il programma C viene definito anche la strategia del "terrore". Solo terrorizzandolo, strombazzando violentemente, il fiocco spaventato dovrebbe spostarsi verso Sud, meglio se oltre e al di là del Po. Piuttosto che recarsi a piedi in ufficio, con benefici per la salute

e la forma fisica, il milanese preferisce combattere: l'*animus mediolanensis* non si arrende mai...

L'unico momento in cui vorrebbe che nevicasse è a Natale, ma solo durante il pranzo e finché non si finisce di sbocconcellare il morbido e fragrante *panettun*. Poi basta, tutti a casa, auguri e abbracci e buonanotte suonatori. Una bella pioggia che lava e pulisce, e dopo pranzo, si sa, fa anche digerire...
Se vi capita di imbattervi in un milanese doc da almeno tre generazioni, non provateci nemmeno a parlargli quando nevica, limitatevi ad annuire con il capo ed esprimere con il volto tutta la vostra comprensione di fronte alla catastrofe naturale che doveva colpire proprio una città tranquilla come Milano. E per giunta d'inverno.
Badate dunque a non lasciarvi rapire dal passaggio imbiancato e dall'incanto del bianco manto, perché sarete subito colti nel sacco ed etichettati come extracomunitari. Se proprio non resistete all'idea di creare con le vostre mani un simpatico pupazzone di neve, seguite alcuni prudenti consigli. Uscite solo dopo la mezzanotte e coperti di un poncho nero, passamontagna scuro e occhiali da sole. Individuate l'ammasso di neve necessaria, fate attenzione a non essere visti e dateci dentro con la creatività. Se avete un conto in sospeso con un vicino di casa che vi getta le briciole sul terrazzo, o vi parcheggia davanti al box,

potete sempre piazzare il pupazzo dinnanzi al suo ingresso. Di lì a qualche giorno, i carabinieri gli chiederanno il permesso di soggiorno...

I VALORI

Milano tempo, denaro, lavoro

Ricordate la trinità goliardica Bacco, Tabacco e Venere? Chiudete gli occhi, fate buio nelle vostre menti. Dimenticateli, prego, rivolgete il pensiero al centro della Mitteleuropa, alla città a nord di Roma, cuore di civilissimi valori, fulcro di traffici internazionali e planetari. Lì le genti sono devote a Tempo, Denaro e Lavoro, divinità di origine celtica, ricollegabili al culto di Business e Smog, dèi primitivi nati dai resti dell'esplosione del "Big Ben", dio olimpico ancora oggi sacro ai britannici.

In sintesi sono le divinità care a Milano. Ipostatizzazione dei loro massimi valori: Tempo, Denaro e Lavoro. Che poi sono anche **le ossessioni dei milanesi**. La loro mancanza è motivo di ansia, stress e forti dolori addominali.

Anche perché sono divinità sempre in fuga, sempre in movimento. **Il Tempo fugge, il Denaro si spende, il Lavoro si perde**. Per questo i milanesi fanno offerte sacre e devote alle tre divinità. Perché stiano sempre al loro fianco e non li abbandonino mai.

Il culto, antichissimo, è ancora vivo a Milano. Alle tre divinità vengono dedicati offerte ed ex voto. I più devoti sono persino arrivati a immolare un parente...

Tempo

Inseguito, adorato, desiderato più del tredici al Totocalcio, per i milanesi, memori dei motti latini *tempus fugit, tempus volat,* il tempo è soprattutto denaro, concetto per il quale non vale tanto la sinonimia, semmai la stretta coincidenza e dipendenza. Il tempo **è** denaro. Con una differenza, che esso è ancora più inseguito del denaro – il che la dice tutta – perché almeno di quello ne hanno da spendere. Di tempo, mai.

La prima cosa da imparare è che i milanesi dispongono sempre di pochissimo per sé, figuriamoci per gli altri. Lo sperpero di tempo li mette in uno stato di disgusto verso la realtà sino a spingerli all'apatia e all'astenia cronica.
Se lo perdono, si ritrovano senza una delle coordinate kantiane fondamentali, per questo si disorientano nel traffico, smarriscono le chiavi di casa o, nel peggiore dei casi, dimenticano il cellulare nel bagno della metropolitana.

Rifacendosi a fonti accreditate, autorevoli linguisti sostengono che siano stati loro a diffondere gli avverbi temporali aggiustati di opportuni suffissi di minoranza. "Attimo" è stato trasformato dai milanesi nel diminutivo "attimino", "minuto" in "minutino", mentre "mezzora" è diventata la meneghina "mezzoretta" –

IL MILANESE NON HA INCERTEZZE.
HA SOLO ASSIOMI.

da pronunciare con la "è" aperta e a tutta ugola. Del resto si sa, dietro al vocabolo serpeggia il concetto di volere arrivare prima di chiunque, di terminare in anticipo, di accumulare il distacco dal resto del mondo, solitamente lento e perdigiorno. E soprattutto, si cela il bisogno di neutralizzare gli sprechi temporali, che per i milanesi sono più vergognosi delle auto blu agli ex parlamentari, più dannosi di una finanziaria truccata, della pandemia dell'aviaria o della furia congiunta dell'uragano Katrina e dello Tsunami.

Dietro all'"attimino" si cela la necessità di guadagnar tempo, che innesca il meccanismo del risparmiar tempo, e dà l'avvio al vantaggio accumulato a sua volta spendibile in maggior tempo da impiegare nel precedere l'attimo. Tradotto dalla filosofia alla ragion pratica, per i milanesi "guadagno, risparmio, accumulo" sono "verbi" la cui semantica e ampiezza di significato fa andare in visibilio se non in brodo di giuggiole. Capita ad alcuni, che il vantaggio raggiunto sia talmente ampio da farli arrivare agli appuntamenti persino con un giorno di anticipo e se sono dei *pirla* o alla peggio dei *pistola* non sanno proprio cosa fare nell'attesa...

L'ossessione del tempo è talmente radicata nella cultura del *milanes* che la fraseologia utilizzata per indicare l'ora esatta li distingue dagli altri italiani,

ad esempio dai veneziani, polentoni per nascita e per forchetta. Per il milanese oriundo, le approssimative 10.35 si traducono nelle corrette e appropriate undici **meno** venticinque, le 10.40 in undici meno venti e così di seguito fino allo scadere dell'ora intera. In quel **meno** che precede i minuti, si esprime tutta l'ansia meneghina di arrivare prima di tutti, in questo caso alle 11. Anche se l'orologio non le segna ancora, il milanese le ha già raggiunte.
Il veneziano, tanto per proseguire con il confronto, visto che di tempo ne ha per tutti, antepone un **manca** davanti ai minuti, concedendosi l'ampio margine della comodità. Per lui, le 10.40 o sono ancora le dieci e mezza, oppure nel migliore dei casi, vengono tradotte in **mancano** venti minuti alle 11. In quel verbo che indica difetto, "mancanza" appunto, si rispecchia il largo intervallo di tempo prima dello scoccare dell'ora piena. "Manca", infatti, fa rima con "panca" e "stanca", pertanto il veneziano si può permettere pennicchelle e soste, tra un'ora e l'altra...

Denaro

"Guadagno – Spendo – Pretendo" è un *must* a Milano. La sua origine si perde nella nebbia dei secoli, tra le polveri dei millenni. Non è vero che si tramanda di padre in figlio, da generazione in generazione. È la struttura portante del DNA dei milanesi doc, e la ge-

netica non è un'opinione. Gli infanti, prima ancora di "mamma" e "papà", pronunciano questo adagio; lo stesso vale quando imparano a scrivere: "guadagno – spendo – pretendo" precede di alcuni mesi la scrittura del loro stesso nome.
Giunti alle elementari, prima ancora della cartella, dell'astuccio e del grembiulino, provvedono ad aprire un conto in banca, portando allo sportello il maialino di creta pieno zeppo di mance e paghette.
Alle medie investono in titoli immobiliari, perché più sicuri di Bot e Cct, mentre alle superiori si lanciano nel gioco in Borsa. Far i *danee* è l'ossessione della loro vita, e averceli, i *danee*, li rende degni di ammirazione dell'intera cittadinanza, al punto di sentirsi animati da una sorta di sacro mandato. Sono i missionari dei *quattrin*, gli apostoli del *sold*, i predicatori della *palanca*, gli evangelizzatori del *franc*.
Solo a Milano l'euro, vocabolo di recente formazione e pertanto invariabile nel resto del mondo, si declina al plurale. I milanesi fanno gli euri, e già la dice lunga sul loro spirito intraprendente.
Il *verbo* che diffondono non è "speculare," ma "meditare, elaborare, quindi lavorare e guadagnare". È la logica applicata al mercato, il calcolo che diventa profitto, rendita, ricavo finanziario. E questo è possibile perché l'*homo milanesis* è pieno di sale in zucca, ha un cervello da competizione, i neuroni che viaggiano nel virtuale, e la materia grigia che si esprime solo in digitale.

Se capita a volte che sia un tantinello esagerato nel mostrare quanti *danee* ha guadagnato, ciò si verifica non perché è un'esibizionista, ma solo perché ci tiene alla chiarezza e alla trasparenza. Il milanese fa tutto alla luce del sole, e non è certo colpa sua se a Milano ce n'è poco, di sole ovviamente.
Il milanese che ha fatto gli euri, profuma di danee al suo passaggio, veste trendy, griffato fino al capello, indossa gli abiti al rovescio, perché le etichette alla moda vanno mostrate, sempre per necessità di trasparenza. L'arricchito ha una gran bella qualità. Di solito paga lui, quando esce con la moglie, naturalmente. Nei pranzi d'affari fa alla romana, ma con gli amici preferisce fare il portoghese. Del resto, se ha fatto i soldi, un tantino camaleonte lo deve essere...
Anche il milanese ricco da più generazioni alla griffe ci tiene, ma preferisce nasconderla tra capi alternativi, che compera in Via della Spiga. Ama la beneficenza, nel giorno di Natale; i concerti, a ingresso libero; i biglietti, omaggio, e gli inviti a cena: a casa degli amici, però, perché è più intimo e conviviale. Al lavoro ci va in bicicletta, ma non per spirito ecologistico, o per restare in forma. Lo fa per il suo Paese. Di questi tempi, con la crisi energetica è meglio risparmiare benzina. E lui si dà da fare come può, nel suo piccolo...

Lavoro

Milano è la sola città d'Italia che produce, lavora, si impegna. I milanesi lo sanno bene e pertanto sentono sulle loro spalle tutto il peso della responsabilità. Sono loro gli unici a tirare il carretto. E lo devono fare per il resto del Paese. Ciò spiega perché sono sempre attivi, dinamici, svelti, ipercinetici.

Va a laurà, terun viene affibbiato a chiunque si fermi un momento, anche solo per controllare dove sta andando. Ed essere un *terun* per i milanesi significa *laurà minga* (*fadigà no*), essere uno scansafatiche, perdigiorno e pelandrone. L'epiteto denigratorio e spregiativo è applicato automaticamente persino qualora ci si mostri titubanti. A Milano, l'incertezza è sinonimo di ozio, indolenza, fiacchezza, inerzia e pigrizia, che ricade tutta sulle spalle del milanese. Il quale si sa, deve ancora una volta laurà per tutti.

Va precisato che per i milanesi, i *terun* sono il resto del mondo, a partire da Cernusco sul Naviglio o Trezzo d'Adda. Per alcuni, i più autarchici, il confine parte dalle mura spagnole, al massimo dai Navigli. Corsico o Sesto san Giovanni sono già Sud, la Terronia più profonda...
Ciò detto, dovete essere preparati ad affrontare la *gens Mediolani*, saper giocare d'anticipo, impa-

rando a mimetizzarvi. Ancor prima di approdare nella capitale lombarda dovete apprendere lo scatto, imparare il movimento rapido, contratto e sincopato. Ripetetelo finché non lo acquisite come un automatismo. E ricordatevi di applicarlo appena avvistate un essere umano. Verrete guardati con rispetto, alcuni vi saluteranno, altri vi porgeranno i loro omaggi, altri ancora, in silenzio ossequioso, incrociandovi si toglieranno il cappello. Ce l'avete fatta, ma basta un piccolo passo falso, per rovinare tutto.
Pertanto, dovete badare a mantenervi iperattivi. Datevi da fare: muovetevi, gesticolate, alzate le braccia e riabbassatele. Unirete l'utile al salutare: rassoderete il fisico, senza dover iscrivervi in palestra, con rispettivo risparmio di *danee*.
In ufficio prendete carte, cartelle e raccoglitori. Sparpagliateli sulla scrivania, quindi risistemate foglio per foglio, poi riponeteli in su, in giù, di fianco, di lato, davanti e dietro agli scaffali: avrete potenziato glutei, addominali ed esterno cosce, con beneficio per bikini o boxer... Chi vi osserverà, vi tributerà tutta la sua stima, vi citerà ad esempio di lavoratore modello. Se fortunati, farete pure carriera...

Il lavoro per il milanese è l'ossessione della sua vita, sempre e comunque. Tanto se ce l'ha, quanto se è senza. Eccetto in questo comprensibile ultimo caso, nel quale il milanese entra in catalessi, si sente un rifiuto umano e chiede la pensione di invalidità civile, nel primo, cioè se il milanese è impiegato in qualsiasi attività, in depressione ci va comunque, perché lavora troppo e non ha tempo per sé, né per gli amici. La sua vita privata va a rotoli, proprio perché lavora sempre, senza sosta e, soprattutto, lavora per il resto del pianeta, satelliti compresi.

Se si deprime, è doveroso l'intervento dello Stato e delle autorità competenti. Il milanese depresso è l'individuo più temibile che possa esserci in circolazione, è un soggetto psicolabile che può degenerare in un uomo socialmente pericoloso, un dinamitardo, un bombarolo e persino un "terrorista fai da te". Per questo si deve sempre e in ogni modo tenere impegnato, farlo *laurà* anche solo come spartitraffico, o guardrail nelle tangenziali...

Inoltre, se lavorando si fermasse un solo istante a pensare a quanto sia impegnato e indaffarato, la depressione se la beccherebbe in ogni caso. Come si sa, lui lavora per il resto del mondo, ma lo fa soprattutto al posto dei *terun*, che sono la causa di tutti i suoi mali.

Di chi è infatti la colpa della sua depressione se non sempre e in ogni caso del *terun*, ignobile persona scansafatiche, lavativa e parassita che solo il povero milanese deve mantenere.

Lavorando, il tempo libero o non ne ha, o è ridotto al lumicino. Ciò spiega perché esso deve essere organizzato, programmato, scadenzato e reso proficuo

come un impiego. Nel tempo libero, il milanese si iscrive a corsi, tecniche alternative, pratiche manuali. Quando li termina, si mette in proprio sognando la fabbrichetta, traguardo bramato da ogni milanese autoctono, adulto e vaccinato.
Se invece di lavorare è costretto alla vacanza, il milanese sano di mente se la deve programmare organizzando la giornata di riposo secondo un numero considerevole di attività, in modo da tale da essere impegnato tutto il giorno, dall'alba a notte fonda. Dopo una vacanza coi fiocchi, il milanese deve riprendersi, rilassandosi nel salutare lavoro quotidiano. La vacanza, lui lo ha imparato sulla sua pelle, lo stanca più del lavoro stesso.

Parole, parole, parole

Il milanese è una lingua digitale. Nel senso che non si può parlare centellinando le frasi così come si beve un buon bicchiere di vino. Il milanese è "parole al centesimo di secondo". Non spreca, non perde tempo e non deve mai dire "mi dispiace".
L'*homo milanensis* ha superato gli anni in cui vive, ha scavalcato la storia, ha già tutti e due i piedi nel futuro. Non è cittadino del suo tempo. **Il milanese è proiettato nell'era multimediale** e parla come un bit. Il suo è un linguaggio digitale. Formula un discorso nello stesso tempo in cui un uomo medio, ad esempio un impiega-

to delle poste, stacca un vaglia o timbra una lettera. Se un milanese vi sta guardando, non è certo perché gli piacete. Se vi fissa con un leggero ghigno furbesco è perché sta aspettando una risposta. Regola prima: non fatevi prendere dal panico dell'interrogazione. Rispondete. Dite qualsiasi cosa vi venga in mente. Esprimete una qualsiasi opinione nel più breve tempo possibile. **Parlate immediato, subitaneo**. Reagite. Avete a disposizione una vasta gamma di monosillabi. La lingua italiana in questo è generosa. Ma potete ricorrere all'anglosassone. Dite anche solo sì, no. L'importante è la prontezza dei riflessi, l'immediatezza della reazione. Se il ghigno del milanese si attenua, siete a buon punto. Avete stabilito il contatto, siete anche voi proiettati nel futuro semantico della comunicazione. Capito il codice, non fate i *pirla*. **Epurate il vostro vocabolario dai "forse", "non so", "è probabile"**. Il milanese è un linguaggio matematico, funziona per postulati certi, veri, assoluti, inattaccabili. Il milanese non ha incertezze. Ha solo assiomi.

Secondo consiglio: l'allenamento. Pronunciate parole allo specchio, guardandovi dritto negli occhi. In una mano tenete il cronometro, occhio al tempo e allo sguardo. Fissatevi. E parlate. Per prima cosa emettete dei suoni. Poi esercitatevi con i monosillabi. Quando avrete raggiunto una buona velocità di emissione dei fonemi, passate al secondo livello di difficoltà. Pronunciate le frasi primarie. Esercitatevi a dire il vostro nome, indirizzo e professione senza esitare. Non perdete tempo respirando. Fate esercizi di apertura e chiusura della bocca. **Siate sempre rapidi, immediati**.

Con questi esercizi-base sarete in grado di farvi capire, ma non avete ancora acquisito i rudimenti della lingua meneghina. In questo modo, avete imparato a reagire, e quindi a parlare anche con un milanese, ma non avete ancora appreso come si parla in lingua e siete ancora considerati stranieri, forestieri se non immigrati clandestini.

Per sopravvivere all'ignominia ambrosiana, dovreste raggiungere almeno un livello intermedio di conoscenza dell'idioma. Per questo, di seguito, si propone una progressiva serie di esercizi di fonologia milanese. È richiesta la massima concentrazione, una severa applicazione, e soprattutto la costanza quotidiana. Quando avrete acquisito la padronanza di fonemi, semiconsonanti e dittonghi milanesi sarete in grado di affrontare con successo le parole ambrosiane, le fraseologie meneghine più diffuse, i verbi milanesi appropriati e potrete capire persino un *sciur* o una *sciura*.

Di fatto, non sarete ancora a un livello cosiddetto *fluent*, ma riuscirete di sicuro a sostenere una conversazione elementare con i milanesi indigeni. Sarete padroni dell'idioma milanese solo quando riuscirete anche a pensare in milanese. Ma per quello servono anni di studio e di esercizio. E i risultati non sono garantiti...

Milano in lingua

Per la corretta esecuzione degli esercizi, procuratevi uno specchio: solo guardandovi potrete rendervi conto se vi state applicando in modo appropriato.
All'inizio potranno risultare un pochino faticosi. Abbiate pazienza, sopportate e allenatevi. Dovete essere ben riscaldati, la vostra bocca è un fascio di muscoli da addestrare debitamente con corretti esercizi fonici, per questo è più efficace svolgerli davanti allo specchio. Se non eseguite le tecniche di riscaldamento, metterete a rischio la vostra stessa salute. Un sardo del nuorese, si azzardò a pronunciare *inscì*, senza essere addestrato. Rischiò lo stacco mandibolare, si avvicinò alla paresi della mascella e per tre mesi fu costretto a nutrirsi con una cannuccia...

La fonologia ambrosiana

A differenza dell'italiano i fonemi vocalici del milanese sono cinque, e non sette. Il milanese non conosce i fonemi chiusi, a ragion del fatto che è un vero cosmopolita, un cittadino del mondo, che apre le sue vocali così come spalanca il suo cuore all'altro, benché diverso e *terun*. Pertanto, prima di iniziare è bene che eseguiate numerose aperture e chiusure delle labbra. Così allenati siete pronti per la fonologia vera e propria. Il primo esercizio consiste nel pronunciare alternativamente "à" e "ù" – le vocali di massima apertura e chiusura. Ripetete almeno dieci volte, quindi fate una breve pausa e riprendete finché non sentirete che i muscoli mandibolari stanno lavorando.

Ora siete pronti per pronunciare correttamente una sequenza di "è". Devono essere articolate anch'esse con la massima apertura del palato. Aprite la bocca il più possibile e scandite almeno tre serie di "è". Vi dovete vedere l'ugola, i molari posteriori o i denti del giudizio. Passiamo alla "ò", che dovrà essere pronunciata sempre esibendo tutta la chiostra dentale, i più allenati mostrano anche la laringe. Spalancate più che potete. Siete in grado di farlo, ormai la vostra mascella si è sciolta, è snodata. Rispetto alla vocale precedente, la "ù" deve essere pronunciata molto lentamente, allungandone il suono il più possibile. Per facilitare l'esecuzione, accompagnate l'emissione vocalica con il movimento del capo, che, rivolto verso il basso, si alzerà verso il cielo. Finché non guarderete in su, continuate a far uscire il suono "ù".

Adesso siete pronti per affrontare le semiconsonanti e i dittonghi. Concentratevi su numerose successioni

di "uè". Controllate allo specchio la bocca. Se è alla apertura massima consentita, anche la pronuncia sarà perfetta.
Passiamo ora al successivo "aù", da pronunciare almeno dieci volte. Rispetto al precedente dittongo, questo richiede un movimento labiale inverso.
Dalle vocali ai digrammi (letteralmente: due lettere per un unico suono) consonantici. Memorizzate il suono sibilante "sc", la vostra mascella è stata potenziata nei precedenti esercizi, pertanto allungatela il più possibile in avanti. Totò, Franco Franchi e Lando Buzzanca sarebbero fieri di voi. Lo stesso vale per "gn", che esige il medesimo movimento articolatorio.

Con questo riscaldamento siete ora in grado di svolgere il prossimo esercizio, che è un po' più difficile dei precedenti perché richiede due movimenti prolungati: chiusura – chiusura tenuta. Riempitevi i polmoni, ed espirando scandite "sciù", cercando di ripeterlo il più possibile, aiutandovi con il movimento del capo. Dal basso verso l'alto, come i lupi mannari.

Giunti a questo punto avrete la scioltezza mascellare per pronunciare correttamente intere sillabe ambrosiane. Bravi, guardatevi allo specchio e mandatevi un *bacètto* ("è"). Dateci dentro con "scì" e "schì", quindi con "gnè" e "gnù". Tenete la vocale, pronunciate le consonanti in modo molto marcato e come se fossero sempre doppie, triple: i milanesi sono grandi, grandissimi e lo esibiscono persino nel linguaggio. Alternate: *matt, ditt, pensegh*.

Un ottimo e utile esercizio è imparare i primi dieci numeri cardinali. *Vùun, dò, trii, quàtter, cìnch, sés, sétt, vott, noêv, dés*. Alternate *minga* a *gnènt*, poi *schì* a *inscì*, quindi *baùscia* (sbruffone), *barbis* (baffi), *pampaluga* (sempliciotto), *pelabrocch* (poveraccio), *pìrla* (stupido), *terùn* (meridionale), *schiscetta* (gavetta), *sciùr* (signore), *sciùra* (signora).

Imparate ora le coniugazioni presenti dei verbi, *vess* (essere) e *avegh* (avere): *mi sòn, tì te see, lù l'è, nùmm sémm, vialter sii, lor hinn; mì gh'ho, tì te ghè, lù el ghà, numm gh'èmm, viàlter gh'avii, lòr gh'hann*.

Se vi siete applicati, e siete riusciti ad arrivare sin qui con la vostra mandibola ancora attaccata alla bocca, potete lanciarvi nelle parole meneghine vere e proprie e imparare anche le frasi fatte e i *phrasal verbs* ambrosiani.
Andèmm in sciambola = andiamo a divertirci; *Uè pirla, schiva l'oliva* = gira alla larga; *Sgabellòtt de tràni* = basso di statura; *Puttòst che avègh nagòtt, l'è mèj puttost* = meglio poco che niente; *Lù el me ghà dàtt e mì le gh'ho ciapé* = me le ha date e io le ho prese (le botte, ma vale come sottolineatura per qualsia-

si altro oggetto, meglio se euri); *Va a laurà* = va a lavorare, sottointeso *terun; T'è capì ?(!)* = hai capito? (!): è l'intercalare più usato e abusato. Puoi trovarsi tanto nella forma interrogativa, quanto in quella esclamativa.

Sembra *yiddish*, in realtà è una forma evoluta dell'italiano, ampiamente diffusa nei paesi dell'Est.

Il popolo eletto

Da secoli vige una bieca diceria a cui questo piccolo saggio vuole porre rimedio, confutandola. Secondo una fonte, del resto poco accreditata, in quanto nata in sordidi ambienti papalini, il popolo milanese è un pochinello snob, altero, superbo e borioso. Niente di tutto questo è vero. Si tratta di una maldicenza condannabile e del tutto opinabile. È un pregiudizio sorto da un'errata interpretazione dei fatti e dei comportamenti.
Tanto per chiarire sin dall'inizio, se i milanesi possono apparire o comportarsi da *snobbini*, ciò è una conseguenza della loro nascita. Nella struttura del loro DNA è stato scoperto il gene della superiorità, potenziato e rafforzato nel corso dei secoli, di generazione in generazione. Se i milanesi sono migliori rispetto a tutti gli altri popoli, è perché sono nati così, eccellentissimi in fasce, superrimi rispetto ad ogni al-

tra comunità umana. Sanno di essere i migliori, perché la genetica lo afferma, non perché i milanesi siano boriosi, altezzosi e spocchiosi.
Pertanto, nelle prossime righe, si chiariranno gli atteggiamenti ambrosiani, ingiustamente giudicati snob. Distinguendo nell'ordine tanto il *milanese*, quanto la *milanesa*, saremo in grado di approfondire, con notevole discernimento di causa, il comportamento sotto accusa.
Il milanese, uomo dinamico, attivo e impegnato *a far i danee*, minimizza lo spreco di tempo, lavora sempre, soprattutto quando mangia, viaggia e dorme. Rispetto al resto del mondo, il milanese è sempre mezz'ora più avanti, vive nel futuribile e agisce nell'avvenire.
Per questo non degna chiunque di uno sguardo, nemmeno di sbieco. Il motivo è semplice: non vi vede, per via della dimensione spazio-temporale in cui si trova. Lo fa, non perché non gli piacete. Rassicuratevi, non vi vede non certo perché siete grassi, pingui, maleodoranti e deformi... Il milanese attivo e impegnato non vede nemmeno Naomi Campbell che gli siede accanto in metropolitana. La scambia per una venditrice di accendini o braccialetti. Nemmeno si accorge di essere circondato da top model durante il periodo della moda. Crede si tratti delle solite straniere in visita ai negozi di Prada. Se poi vi guarda dall'alto al basso, è per via del casco che è costretto a portare per affrontare in moto il traffico metropolitano. Si tratta di

un automatismo, conseguenza dello stretching quotidiano, che il milanese attivo e dinamico esegue nei ritagli di tempo.

La *milanesa* vivace e laboriosa considera il lavoro una missione. È stata costretta a lavorare, perché "chiamata" da una vocina che le giungeva dal profondo dell'animo. Il lavoro è una vocazione a cui dedica se stessa, con la consapevolezza dell'eletta: lo fa perché è una delle poche degne del ruolo che occupa. E la dignità, si sa, si "tasta" con mano: non è certo lei a farvela pesare...
L'unzione lavorativa l'ha resa conscia della superiorità rispetto alle altre femmine che occupano impropriamente il resto del pianeta, di solito donne legate a stereotipi antiquati e passatisti. La *milanesa* sa di agire per il bene dell'umanità, e per questo distingue meglio di chiunque, ciò che è giusto da ciò che non lo è. Se l'atteggiamento che assume può apparire, a un primo e fugace sguardo, altezzoso e perfino dispotico, questo è dovuto alla sublime conoscenza della vita che la *milanesa* ha per nascita, per via dei cromosomi. È la migliore perché c'è nata, non per vezzo caratteriale. È una delle poche, per non dire l'unica, a sapere come gira il mondo e l'intero universo. La spocchia, che le attribuiscono, è di solito frutto di invidie, gelosie e malelingue. Se è stata "chiamata", un motivo di eccellenza ci sarà, o no?

Ignobilmente, fuori dalle Mura spagnole, oltre il corso dei Navigli, al di là del Resegone, si va dicendo, con improprietà di linguaggio, bassezza e scadimento di locuzioni verbali, che le milanesi *se la tirano*. Ennesimo pregiudizio maldicente, causato dalla errata traduzione della fraseologia. Certo che *la tirano*, la carretta però.

La bontà ambrosiana

Milano *coeur en mann*, e i milanesi ci tengono a farlo vedere, ad esibirlo al massimo livello. Non sono, infatti, solo buoni, ma buonissimi, quindi generosissimi e amabilissimi. Sono una progenie di uomini e donne che si impegnano per aiutare il prossimo, di solito foresto e campagnolo. Ancora una volta bisogna dare ragione alla scienza medica, l'*homo milanesis* medio, dall'altezza vicino al metro e settanta e un peso forma intorno ai 68/70 kg, ha un muscolo cardiaco del peso pari a 60 chilogrammi. Tradotto in cifre, l'85% della massa corporea di un milanese medio è occupata da tale organo vitale. Sotto al doppiopetto gessato e al tailleur blu, batte un cuore tanto grande, che al suo interno c'è spazio per tutti, *negher, giall, mulatt* e persino per i *terun*.

La bontà del milanese si esprime in diverse occasioni, e non solo alle feste comandate. In primo luogo il milanese si commuove spesso, piange lacrime vere che prontamente raccoglie in boccettine o am-

polle di vetro e porta in rituale offerta al suo santo protettore. Nulla di sé deve andare perduto...
Molti sono i piccoli indizi e i dettagli della quotidianità, che il suo cuore percepisce tra le pieghe della routine e che gli fanno scattare la molla del pianto.
È vero, il pianto si trasforma in singhiozzo, quando sente cantare "O mia bela madunina", oppure quando a Natale scopre sotto l'albero un regalo a suo nome, non importa se corrisponde a quello che "lui" stesso ha nascosto la sera precedente, camuffandosi con barba bianca e tutone rosso... Di solito, davanti alle luci psichedeliche delle luminarie natalizie, il milanese ha il groppo alla gola e gli occhi lucidi. E non a causa della luce artificiale.

Vero è che il milanese sa piangere anche in moltissime altre occasioni.

Non solo quando si reca dal suo commercialista, o quando la banca gli abbassa l'interesse attivo sul suo gruzzoletto, oppure un *ghisa* (vigile) prepotente gli fa trovare una multa – ricordo del luogo ameno usato per parcheggio – area pedonale, binari del tram, ingressi della metropolitana.

A ben vedere, il milanese si commuove, quando al mattino apre la finestra e non riesce a vedere la casa di fronte. Non importa se è per via dello smog:

egli crede sia causato dalla nebbia, perciò il suo animo poetico va in brodo di giuggiole. Oppure, si emoziona quando il cielo è coperto da nuvoloni neri che lo inducono a sperare nella salutare pioggia ambrosiana.
Versa calde lacrime, quando vince al Monopoli, suo gioco preferito, dopo aver costruito case, fabbrichette e aver urbanizzato e industrializzato da Parco della Vittoria a Vicolo Stretto, passando cinque volte dal Via...

La prodigalità ambrosiana

Al milanese indigeno piace fare shopping, girare per negozi, guardare le vetrine, essere servito nelle boutique e ossequiato dai commessi. Se lo scopo principe del milanese è far i *danee*, similmente ama esibirli, sfoderando un portafoglio grande, dalla forma tonda per via della quantità di euri e di carte di credito che riesce a stiparvi.
L'inclinazione alla liberalità di *danee* è radicata nella cultura milanese, e le conferme giungono persino dall'antica lingua ambrosiana, che, non a caso, ha coniato termini e attributi illuminanti per capire come il milanese giudica tale atteggiamento. Che non si tratti di vizio, ma di qualità, è infatti confermato dalla fraseologia usata in ambrosiano. *Andà giò allègher*, letteralmente significa "darci dentro con l'allegria", è

la metafora per indicare chi apre il portafogli e si dà da fare a spendere... E quale attributo migliore dell'*allègher* esprime lo sguardo positivo verso un comportamento di eccelsa qualità umana? Non sentirete mai nessun milanese, che si rispetti, biasimare con la sprezzante "aver le mani bucate". Nemmeno condannerà qualcuno con lo sprezzante termine di spendaccione, o di scialacquatore, vocaboli del resto assenti dai dizionari in lingua meneghina. Simile ribrezzo verso la spesa facile è assunto più a ovest, verso altri lidi e altre spiagge, dove si intona "se ghe pensu" guardando il mare...
Al contrario il disprezzo raggiunge l'astio, se non l'odio profondo verso lo *stamegna*, l'avaro, che si traduce nell'italiano "stamina", rimandando al tessuto rado e ruvido, usato per setacci e colini. Solo lo spilorcio, infatti, è deprecato perché *l'è bon de slongà l'acqua*, tenta in tutti modi di risparmiare (sarebbe capace persino di allungare l'acqua...).

L'atteggiamento sciolto verso i *danee* prova che siano stati gli stessi milanesi a inventare i saldi di mezza stagione e a progettare i centri commerciali, dislocandoli oltre il nucleo urbano.
Nel primo caso, amanti del buon tempo antico, hanno persino ripristinato due stagioni perdutesi nei recenti cambiamenti climatici. Nel secondo, sono riusciti a realizzare l'antico sogno rinascimentale,

creando dal nulla le loro città ideali. Pur di partecipare ai saldi, qualche giorno prima dell'ora fissata dal calendario dello shopping, l'autentico milanese bivacca davanti ai negozi di Gucci, Prada e Armani. Quando giunge il giorno tanto agognato, si trova già pronto a fare il suo ingresso e dare il via alla girandola degli acquisti. Compera ovunque, lieto anche di aspettare alcune ore in coda, nei negozi che solo ai saldi svuotano tutto (e una volta terminati, rifanno la vetrina...). Con una logica programmata e democratica, seguendo un piano strategico dettagliato all'ultimo shop, mette da parte borse e sacchetti degli acquisti, e con bandierine segna su una dettagliata mappa della città i negozi e le vie passate al tappeto. Solo quando ha raggiunto il Totoshop si sente appagato e in pace con la sua coscienza...

L'idea di creare delle strutture adibite a ospitare negozi di ogni ordine e grado merceologico presente sulla terra pare sia nata dalla mente di un illustre architetto, milanese da prima ancora che Milano esistesse. Il *noto milanes* si trovava tra amici nel suo locale preferito, il supermercato Esselunga, quando per un accidente si scontrò con il carrello di una giovane donna manager, visibilmente in rampa di lancio per la carriera internazionale. I loro sguardi si incrociarono e giunsero al *break even point* dell'innamoramento. L'amore si consolidò alla cassa, quando entrambi si

accorsero di avere le medesime carte di credito, di amare i *nervitt* (nervetti), i *verz* (verze), la *busecca*, e le mozzarelline, *light* ovviamente. Beneficiato da Cupido, l'architetto decise di dedicare alla compagna, a memoria del loro incontro, una struttura in grado di facilitare l'approccio, l'abbordaggio, lo scambio. Nacque dalla sua illustre e geniale matita il progetto dei Centri Commerciali, che li volle innalzare nella natura, tra il verde dei prati. Per questo pensò di inserire, al loro interno, piazzette, fontanelle, panchine, ma anche cascatelle artificiali, vasche con pesci rossi, e qualche piccione, prelevato direttamente dal *Domm*, il Duomo. Praticelli di plastica e fiori di carta avrebbero restituito una scenografia bucolica, di solito galeotta agli incontri, mentre dagli altoparlanti sparsi nell'edificio, come colonna sonora, sarebbe stato trasmesso il corroborante rumore del traffico nelle ore di punta.
Le nuove cattedrali del rimorchiamento ebbero più successo di Agenzia Matrimoniale, e naturalmente furono imitate ovunque. I milanesi oggi ne vanno fieri, varcano le soglie dei Centri, consapevoli che stanno per concludere un grosso affare, magari accalappiandosi un *hi-fi* sottocosto, che useranno solo tra cinque anni, quando quello che già possiedono andrà in tilt... E se è il loro giorno fortunato, incontreranno la *tipa* giusta, anche lei con il medesimo *hi-fi* sotto il braccio... Un milanese single predilige acquistare ogni cosuccia nei

"palazzi dell'Amore", soddisfacendo il bisogno di spesa con il bisogno di affetto che il suo cuore grande avverte. Del resto, quando un milanese ha tempo di innamorarsi, se non in uno dei pochi momenti liberi, vale a dire quando fa la spesa?

Rustici o schietti?

Un altro luogo comune falso e tendenzioso ha diffuso oltre il Resegone la maldicenza astiosa che stigmatizza i milanesi come gente un tantino ruvida, sbrigativa e persino scontrosa.
Ennesima maldicenza a cui si deve rimediare esponendo i fatti nella loro essenzialità.
Può capitare, talvolta, che alcuni negozianti milanesi ti sbattono la saracinesca in faccia. A onor del vero, va sottolineato che la loro non è scortesia, bensì, premura: i milanesi sono infatti premurosi nell'istruirci alla puntualità svizzera, cronometrica, precisa, esatta. Pertanto, la loro non è ostilità verso l'altro, ma profonda disponibilità ad educarlo per il mondo, che deve affrontare. E il mondo, è noto, è Milano, città onnicomprensiva del pianeta intero. Il milanese sa qual è il suo dovere di urbano e civile cittadino: la sua generosità lo porta a diffonderlo al globo.
Brusco, rapido, subitaneo, l'atteggiamento del milanese muove nella direzione del maestro di vita: il mondo è globalizzato e connesso, si fonda su ope-

razioni virtuali e subitanee, veloci e precise. Tale ruvidezza nei comportamenti, che i maligni diffondono nel pregiudizio della maleducazione, è un atteggiamento assunto dall'investitura di insegnare come ci si comporta, in ogni luogo, momento, circostanza. Il milanese non è scontroso, irritabile, burbero. Semmai potrebbe apparire un poco rustico, ma proprio perché è troppo schietto, esageratamente spontaneo e soprattutto smaccatamente sincero.
Se deve insegnare al mondo come comportarsi, meglio allora seguire la via dell'esempio e della pratica. Le parole sono solo *flatus voci*, suoni che svaniscono e si dimenticano, perdendosi tra la polvere.

IL CAFFÈ

La parola caffè rimanda ai primi anni della dominazione asburgica. Ai tavolini eleganti e alle poltroncine di fine Settecento disposti con ordine nelle salette del "Caffè" per accogliere le penne dei milanesissimi fratelli Verri. La prima rivista manifesto dell'Illuminismo italiano nasceva proprio lì, in questo luogo d'incontro per eccellenza, in questo spazio deputato allo scambio d'idee, opinioni o semplici chiacchiere. **Il Caffè dei Verri era la conquista laica e mondana, da parte della borghesia milanese, di un luogo e di un ruolo**.
Bene: scordate queste reminiscenze storico-letterarie. Spegnete le musiche dei valzer viennesi. Accendete a tutto volume quelle tecno e hard di Radio dj. Ci siamo. Siamo praticamente già entrati nei nuovi caffè. Ecco il "Fast coffee" per servirci.
Si tratta di una rivoluzione sociologica fondamentale. Un travolgente cambio di costumi e abitudini. **È l'applicazione della filosofia americana del cibo veloce alla cuccuma, alla moka**.
La risposta milanese al fast food, che reagisce con il caffè sprint. Meraviglia della causa-effetto, dello stimolo-reazione, della domanda-risposta.
Per l'applicazione pratica ottimale del "fast coffee", dai caffè è stato eliminato qualsiasi elemento di "supporto al relax", di incentivo al sollazzo, di incorag-

giamento alla pennica. Tolti di mezzo inutili tavolini perditempo, comode poltroncine oziosissime, salettine da conversazione che stimolano il *tirà a campà*. In uno spazio stretto come un budello, dove gli obesi aspettano fuori, si erge il solo bancone. Si entra, si paga, si beve, si esce e soprattutto non ci si ferma mai. **Ai caffè da conversazione si sono sostituiti i bar di passaggio**, posti agli angoli, nelle vicinanze delle fermate degli autobus, anche vicino all'ingresso della metropolitana.

Perché quella nera e fumante bevanda va presa al minuto secondo. Basta sprecare tempo, prima annusandone l'aroma, poi elogiando la consistenza della schiumetta, quindi la tenuta del sapore nel palato e infine, esaltando il gusto che lascia in bocca. Tutto questo è di chiara memoria partenopea. Scordate la *tazullela 'e caffè*, per altro importata dai *terun pelandrùnn*...

All'ombra della *Madunina* il caffè si ingurgita, si tracanna, si butta giù senza fermarsi a respirare. La calda bevanda sudamericana va bevuta in piedi, continuando a camminare, al volo, solo dopo avere ben riempito i polmoni. È vero, saranno aumentati i casi di ustioni alla lingua registrati dagli ospedali milanesi, ma sono diminuiti gli episodi di assenteismo e aumentati i coefficienti di efficienza. E quando lo dicono i coefficienti...!

L'happy hour

Anche se il neologismo è anglosassone, l'"ora felice" è un marchio ambrosiano, forgiato dalle sapienti e abili mani di barman metropolitani, e quindi insegnato e divulgato al resto del mondo. Ancora una volta è un'invenzione sorta dall'intuizione e dalla genialità dell'*homo milanesis*, che poi generosamente ha diffuso all'umanità.

Tant'è, e a conferma della sua nascita, che oltre la circonvallazione esterna, l'*happy hour* è stato tradotto in "aperitivo alla milanese", sottolineando nell'origine il distintivo della qualità. Si differenzia, eccellendo, dall'aperitivo alla genovese, solitamente costituito di aromi alla bruschetta, profumi alle olive ed essenze di carciofini e cipolline. A sua volta si distingue dall'aperitivo alla romana, nel quale ciascuno pensa per sé. Fiaschetta *de li Castelli* sotto il braccio, piattino con coda alla vaccinara e abbacchio. Il bar offre l'insegna, ovviamente.

La regola aurea dell'*happy hour* è rigorosa: interi banconi di bar e caffè vengono riempiti di ogni ben di dio: riso alla greca, pasta fresca ai pomodorini, verdurine ripiene, bruschette, patatine, noccioline, pistacchietti e olivette. Alla formula dell'*happy hour* esistono numerose eccezioni, *variatio* e alternative.

Se il locale alla moda segue le ultime tendenze della *nouvelle cuisine*, il bancone sarà arricchito di piattini guarniti da salse verdi, rosse, gialle e blu: a ogni colore dell'iride corrisponderà una decorazione diversa: si va dai segni floreali, agli astratti, ai geometrici e persino ai motivi della *visual art*.
Se il locale si trova nei dintorni degli *show room*, l'*happy hour* si è adeguato alle esigenze e ai gusti delle fotomodelle che vi bazzicano. Di solito l'offerta mangereccia spazia dalla fogliolina di lattuga profumata al pomodoro, al cetriolino insaporito d'aroma d'olive, al finocchietto guarnito di foglie di basilico. Bandita ogni bevanda alcolica, potrete sempre sorseggiare succo di pomodoro, di crauti, sedano e cipolla. Nel vano retrostante alla cucina, si eseguono anche maschere allo yogurt, alla rucola, e alla cicoria. Uscirete dal locale "puliti dentro" e "belli fuori"...

I preferiti dai milanesi purosangue restano però i *trani*, le antiche osterie ambrosiane, sorte nel cuore della "capitale", e gestite dalla stessa famiglia di generazione in generazione. Caratterizzati da un'atmosfera cortese, gentile, ospitale, l'*happy hour* nei *trani* è a sua volta una *variatio* rispetto al classico dei locali trendy. Fiero della tradizione che difende dal dopoguerra a oggi, un *trani* che si rispetti riempie il bancone solo di piatti ambrosiani doc. Pertanto, nelle osterie l'aperitivo va servito accompagnato da *sci-*

golitt in l'asee (cipolline sotto aceto), *Busècca* (trippa), *Cazzoeùla, Ris in cagnon* e *Mondeghili* e *Fritada rognosa*. Da gustare accompagnati da un'intera confezione di Alca Seltzer...

L'"ora felice" scatta dalle 18 e termina alle 21. I locali più trendy estendono la fascia della contentezza anche sino alle 22.
Allo scoccare dell'ora deputata alla libagione, la popolazione milanese si suddivide in fasce d'età.
Le prime a varcare la soglia della *bevutina* sono le *sciure*, che, dopo aver trascorso il pomeriggio a fare shopping, si devono concedere una meritata pausa, necessaria per esibire le ultime griffes acquistate e insegnare al mondo non solo come ci si veste, ma soprattutto il bon ton: come si parla, come si gesticola e, in particolare, come si cammina sul pavé sconnesso e sui binari del tram con tanto di affilatissimi tacchi a spillo. Solamente le *sciure bene* ci riescono. Le altre, le arricchite e foreste, sanno solo muovere l'anca, e non sempre vanno a tempo.
Scaduta l'ora, tocca ai bauscia, raggiungere i banconi di locali e bar. Due le tipologie: i bauscia in pensione, che si concedono l'intera ora a disposizione, e i milanes in affari, lavoratori instancabili. Mentre i primi fingono di scegliere tra le numerose offerte mangerecce, ma in realtà hanno un'ora piena per assaggiare tutto, riempirsi lo stomaco, e andarsene com-

mentando "Uè, barman, scarsetto il banco", i secondi sono i pragmatici sostenitori dell'aperitivo d'affari. Al bar ci vengono con il pc portatile, studiano flussi e report finanziari, discutono al telefono con le succursali straniere, stipulano alleanze internazionali e contemporaneamente rimorchiano giovani pischerle che hanno sbagliato orario. I teenagers, si sa, hanno accesso nella fascia successiva: dalle 20 alle 21, ma capita talvolta che qualche giovane lolita con ombelico a vista si avventuri in anticipo, bisognosa di nuove esperienze di vita.

Studenti, universitari, ricercatori, docenti a contratto assediano bar e locali, nell'ultima fascia protetta. Di solito lo studente si reca all'aperitivo equipaggiato. Entra con lo zainetto vuoto, esce trascinandolo su trolley. In questo modo ha la *schìscètta* assicurata per l'intera settimana.

Quando l'"ora felice" termina, l'universitario batte in ritirata. È il momento in cui scatta il prezzo intero. Il rigore svizzero non ammette deroghe. Se lo scontrino fiscale segna le 21 e 1 secondo, sul conto vi troverete non solo il prezzo del cocktail, ma anche il costo delle dieci noccioline, delle tre patatine e due cipolline che avete azzannato senza cognizione di causa. Per questo si consiglia di cronometrare l'orologio, ma non con quello appeso alla parete del locale, bensì con quello svizzero del registratore di cassa...

Ristoranti

Milano è una città multietnica. La "capitale lombarda" è come una grande madre che abbraccia i suoi abitanti, da qualsiasi parte del mondo provengano. E li accoglie facendoli sentire a casa.

Oltre alle strutture sociali, ai centri di accoglienza, oltre alla mano data con il sorriso, e poi nascosta con i denti, Milano offre a tutti, tedeschi, francesi, norvegesi, finnici, boliviani, russi, siriani, polinesiani, europei e americani, asiatici e orientali, africani ed eschimesi, la sensazione di sentirsi a casa loro.

Come ci riesce?

Servendo a comunitari ed extracomunitari le pietanze della loro tradizione gastronomica.

Per questo **Milano è ricchissima di ristoranti stranieri**. Si va dal russo all'africano, passando per il coreano, il giapponese, il cinese, l'indiano. Si arriva al siriano, al pakistano, al greco, al turco, all'americano, al messicano, al tailandese e si finisce all'hari krishna, al buddista e al new age.

E questo non vale solo per la cucina extra-italiana. Abbracciati nelle proprie delizie culinarie non sono solo gli stranieri, ma anche gli altri italiani. Quelli che provengono da fuori, i *foresti*, i non milanesi per capirsi.

La generosità ambrosiana apre il cuore a tutti, *terun* compresi. Ed ecco allora un numero esorbitante di ristoranti toscani, liguri, veneti, sardi, siciliani, pugliesi, altoatesini, friulani, campani, piemontesi, valdostani, valtellinesi. In una parola, dalle Alpi, scendendo lungo gli Appennini fino alla Sicilia. Ecco l'Italia in tavola, con una sola eccezione. Un unico buco nero. Manca, in questa carrellata culinaria bianca rossa e verde, solo... Milano. Un vuoto, un'assenza, una mancanza che corrisponde proprio alla cucina ambrosiana. La città, che accoglie tutta la gastronomia mondiale, priva il mondo della propria cucina.

Per mangiare milanese non resta che conoscere la *sciura* Brambilla e farsi invitare da lei, magari con un mazzo di violette e una scatola di cioccolatini. Sempre che la *sciura* non si sia lasciata influenzare dalla *nouvelle cuisine* o abbia frequentato un corso di cucina guatemalteca... allora addio ossibuchi, *cazzoula, busecchin de corada, verzada, ris in cagnon, uova in cereghin, laciaditt* e *rossumada*.

Non è un paradosso, ma a oggi si contano su due dita i ristoranti che "spacciano" piatti di tradizione milanese. Solo che hanno prezzi così proibitivi da avere i tavoli non tanto riservati agli emiri arabi, ma addirittura posseduti dagli stessi nababbi. A Milano non esiste quindi un solo ristorante meneghino *prêt a porter*, un locale a cucina tradizionale, e gestione familiare. La colpa è attribuibile all'eccessiva ospitalità dei milanesi, che, pur di far sentire a casa gli stranieri, sono diventati loro stessi stranieri nella propria città.

Non provate dunque a cercare un ristorante ambrosiano a Milano. Non esiste. Per mangiare milanese dovrete uscire dalla città e andare o nell'hinterland oppure fuori regione, oltre i confini lombardi, addirittura oltre i confini italiani.
Si trovano buoni ristoranti milanesi nel Nepal, nelle Filippine, nell'Uzbekistan. **Da segnalare un tradizionale ristorante meneghino, da diversi anni aperto nel cuore di Hammamet**. La capitale tunisina è stata indicata da un famoso *tour operator* per la presenza di un ottimo ristorante di tradizione milanese. Si chiama "Da Bettino". Ottimo il suo *pescitt in conscia*, il pasticcio di cervella, il *rostitt negaa* e la *busecca*.

Le piazze

La capitale del credito italiano. La città che lavora e produce. La Milano motore finanziario dell'Italia non ha la cultura delle piazze. Le odia perché inutili. A che serve costruire piazze in mezzo a una città che produce? Sono necessarie le panchine, poste magari al centro di quelle piccole aree amene e invitanti al relax e alla sosta? E soprattutto chiediamoci: Milano conosce la sosta? Sa cos'è la pausa? Milano non ha esperienza del break, e lo sanno bene gli economisti, il solo break che conoscono i milanesi è il *break even point*...
"Va' a laurà" ripetono gli autoctoni a chi si ferma. Per questo da ogni progetto urbanistico hanno eliminato

le piazze. Che restano sulla carta, ma di fatto non hanno più la funzione per cui sono sorte, e cioè di luogo di ritrovo per dare libero sfogo alla chiacchiera. È vero che c'è piazza Duomo, ma ormai ci abitano i giapponesi, inseguiti dai piccioni. È vero che c'è piazza San Babila, ma da poco le hanno messo al centro una sorta di piscina olimpionica pubblica. È vero, c'è la nuovissima piazza Cadorna, ma deve essere completata: tra il vivace "Ago e Filo" dovrà infatti passare la giostra del Bruco-mela. Una pregevole e splendida piazza è alle colonne di San Lorenzo, che un tempo era attraversata nel mezzo dalla linea del tram. Pare che all'epoca non ci fossero più piscine disponibili e pertanto l'amministrazione milanese non si perse d'animo e pensò bene di deviare il tragitto del mezzo pubblico, tagliando così a metà un'inutile piazza. Negli anni furono costretti a ripensarci di nuovo e dovettero arrendersi a volontà esterne e foreste. Cedettero al suo nuovo ripristino, sistemando i binari tranviari all'esterno. Attualmente, per via della vita notturna che si concentra proprio in quella piazza, i milanesi stanno meditando una nuova sistemazione. Tra le ipotesi più accreditate sta avanzando, con largo seguito di consensi, la proposta razionale e logica di una sua recinzione con tanto di cancelli e filo spinato. Il suo accesso dovrebbe a sua volta venire regolamentato: l'apertura al pubblico diverrebbe possibile fino al tramonto. La chiusura notturna sarebbe

fatta rispettare da picchetti militari, sistemati in apposite guardiole poste ai suoi ingressi.
Che piazza resta e resterà ai milanesi? Semplice la piazza delle piazze, la celeberrima e principale, piazza Scala, ricca di panchine, di fontanelle e di fiorellini. **È l'unico spazio dove i milanesi si possono concedere una pausa**. Ed è l'unico spazio dove si può ammirare l'elegante architettura di palazzo Marino. Che, essendo la sede municipale, fa sorgere un piccolo e insignificante dubbio: chi può godere di tale momento di pausa se non gli stessi "inquilini" del Comune?

I piccioni

Senza di loro Milano non sarebbe più Milano, e i milanesi non saprebbero più in che città si troverebbero a vivere. Per questo **i piccioni milanesi sono iscritti all'anagrafe e hanno diritto al voto**. Non rappresentano una minoranza etnica, al contrario. Da quanto risulta dall'ultimo censimento, i piccioni sono più numerosi dei "tradizionali" abitanti metropolitani e hanno saputo integrarsi correttamente con il resto della popolazione.
Da anni hanno smesso di viaggiare e, diventati stanziali, si occupano soprattutto di spedizioni urbane e di servizi di pony express.
Sono educati, non sporcano i turisti come vogliono la maldicenza e il cattivo esempio dei cugini veneziani,

sono eleganti, sobri nelle vesti e urbani nei modi. In questi ultimi anni è stata testata la loro grande passione. Amano follemente la fotografia. Sono abilissimi nello "scatto planato", virato e mirato. Deciso l'oggetto o la persona da immortalare ci si fiondano a capofitto, evitano il mais e scattano verso l'alto. Per questa abilità **qualcuno li vorrebbe come reporter di guerra**. Ma troppo alto sarebbe il rischio di rimetterci le penne.

L'hobby preferito dai piccioni milanesi è fotografare i giapponesi che si aggirano in piazza Duomo. Li inseguono con sofisticate macchine fotografiche finché non trovano il giapponese fotogenico. Per non mettere in fuga e fare scappare i gruppi nipponici disseminano mucchietti di riso e stralci di giornali finanziari. In questo modo il giapponese, attratto dall'odore del suo cibo prediletto, si ferma e legge le quotazioni di Borsa. È proprio il momento in cui entra in scena lo "scatto planato" del piccione reporter. La virata di precisione e lo scatto planato sono efficaci nel centrare il persaglio nipponico.

Forse è per via di questo hobby che negli ultimi anni hanno cambiato luogo d'incontro. Abbandonate le piazze e le vie più trafficate, **i piccioni ambrosiani si riuniscono in altre sedi**. Meta prediletta sono diventati i negozi di Prada. Proprio perché lì possono trovare il maggior numero di giapponesi da fotografare. Il piccione milanese si distingue da quello veneziano per via della velocità di pensiero e d'azione. E da quello romano, considerato borioso e papalino, per la sua abilità di giocare in borsa e di creare fabbrichette dal nulla. Alla velocità con cui il piccione romano tesse alleanze, coalizioni e staffette governative, quello milanese ha modificato flussi, report e quotazioni, ottimizzato le strutture aziendali, pianificato gli investimenti futuri e gli rimane tempo per esibire la sua abilità al piccione *terun. T'è capì?...*

Le zanzare ambrosiane

Più feroci della zanzara tigre e della mosca tsè-tsè, la zanzara milanese non conosce le quattro stagioni e nemmeno le mezze misure. Se colpisce, attacca secondo un preciso piano strategico, un fuoco incrociato di punture che non lasciano respirare nemmeno l'ultimo dei pori. La zanzara ambrosiana è imbattibile, sopravvive a pesticidi, sa aggirare gli antiparassitari e scampare agli anticrittogamici... Per questo il Comune ha smesso di svolgere la necessaria disinfestazione. Soldi sprecati.

La zanzara a Milano è sempre presente, evolvendosi da stagionale a stanziale permanente. D'inverno ama soggiornare tra le intercapedini dei termosifoni o nelle case ben riscaldate, mentre d'estate predilige la frescura di terrazze e giardini. La zanzara meneghina è più furba delle cugine veneziane, che colpi-

scono esclusivamente in prossimità dei ponticelli, e solo se non stanno cantando "La biondina in gondoeta" alle avvenenti inglesine. La zanzara milanese, più democratica e libera, non si lascia sedurre: belli e brutti, attacca tutti... La faziosità e il campanilismo non sa nemmeno dove stiano di casa. Se scorge qualche nostalgico cantare sotto il Duomo "O mia bela madunina", alla velocità del vocalizio colpisce l'ugola e se ne va: non sopporta il disturbo alla quiete pubblica. L'astuzia zanzaresca a Milano è arrivata al suo apice. Più evoluta di ogni altra collega straniera, sa raggirare citronelle e raid, è abile e atletica nell'infilarsi e oltrepassare le zanzariere, ha una puntura così affilata e resistente che nemmeno i jeans la dissuadono, e soprattutto ormai ama talmente tanto il profumo dell'Autan da esserne attratta...
Urbana, mite, aperta a tutti: la zanzara milanese, apprezza chiunque, senza distinzione di sesso, età, etnia... è una vera cosmopolita, che sa fare fino in fondo il suo dovere. Padrona incontrastata del territorio ambrosiano, ha fatto dell'accoglienza il suo stile di vita. Basta solo passarci, a Milano, per conoscere interi capannelli zanzareschi. Ospitali come sono, saranno loro a venirvi incontro...

IL TRAFFICO

A Milano il traffico è come il Duomo, Sant'Ambrogio, il Castello Sforzesco. Appartiene ai monumenti della città. E quindi – come e più del Cenacolo di Leonardo o della Pinacoteca di Brera – non solo va visto, visitato con tanto di guida turistica. Il traffico milanese va vissuto. Va sperimentato.
Perché non si può tornare nella propria città e raccontare agli amici di essere stati a Milano senza avere fatto un'esperienza di traffico, sebbene superficiale come può essere quella di una visita di piacere. Gli amici penserebbero che vi siete recati in un'altra città, non certo a Milano. Oppure che – se Milano doveva essere – non avete visto neanche la Scala, l'Ippodromo, il Palazzo dell'Arte. In poche parole: perdereste di credibilità come turista.
Non tutti sanno che, al pari dei monumenti milanesissimi, protetti dalla Sovrintendenza alle Belle Arti, anche **il traffico è tutelato dalle norme di conservazione del patrimonio artistico**.
Perdere il traffico significherebbe tagliare mezza milanesità, dissipare un considerevole patrimonio cittadino. Il comune meneghino ha già provveduto in proposito. Sua, infatti, la decisione di garantire una copertura di traffico non al di sotto della media delle metropoli internazionali. Con questa intelligente deci-

sione ha creato anche nuovi posti di lavoro. **Assunti presso il Comune, una cinquantina di autisti gira in tangenziale in alcune precise ore del giorno**. Sono quelle che le tabelle di marcia indicano come ore di punta. Attraversano gli snodi nevralgici della città per assicurare una sana copertura di traffico.
Provate a immaginare cosa succederebbe se i milanesi dovessero percorrere la tangenziale senza fare la quotidiana coda di quaranta minuti. Penserebbero di avere sbagliato strada e comincerebbero a deviare, svoltando senza badare ai sensi di marcia. Si troverebbero nella corsia opposta con effetti devastanti per la sicurezza stradale: tamponamenti, scontri frontali e via di seguito.
Con questo sistema intelligente, **il milanese viene accompagnato a casa in modo tranquillo**, andando piano e lento, moderando la velocità.
Il milanese può contare così su una guida sicura: il flusso, la fiumana di automobili lo scorta fino all'uscio domestico. Non può sbagliare strada, perché tutte le auto fanno la stessa e identica strada. Altrimenti a cosa le avrebbero costruite, le tangenziali?

Le tangenziali

Meraviglia della tecnica e dell'ingegneria, le tangenziali di Milano appartengono alla categoria di quelle opere pubbliche che inorgogliscono non solo

MILANESI E TRAFFICO SONO UN TUTT'UNO.

i milanesi, ma tutto il genere umano. Un po' come il canale di Suez, o il ponte di Brooklyn. A vederle, l'uomo sente il sangue scorrere più velocemente nelle vene, percepisce un formicolio alle punte delle dita, sente delle vibrazioni nel petto, in breve si sente invadere dalla soddisfazione dell'*homo faber*.

Lo stesso accade ai milanesi quando parlano delle loro tangenziali. Si animano, si entusiamano, si accalorano e si caricano di pathos. Forse perché non credevano possibile un tale prodigio della tecnica.

Due sono le tangenziali: Est e Ovest. Per i milanesi sono indispensabili e irrinunciabili. Una prova? Chiedete a un vostro amico indicazioni stradali. Vi consiglierà di passare per la tangenziale.

E questo in ogni caso. Anche se vi trovate in pieno centro e dovete andare in un'altra zona, sempre centrale, il milanese vi consiglierà di imboccare la tangenziale. È vero che allungherete il tragitto, ma, sosterrà l'amico, non farete code e andrete più veloce. Insomma arriverete di sicuro prima. E quindi più rilassati. Risparmiare tempo restituisce serenità e dà soddisfazione agli spiriti milanesi.

Le tangenziali non sono solo utili ed efficaci. **Le tangenziali sono anche esteticamente belle**. Tonde, eleganti, prive di ridondanze e inutili ornamenti, le tangenziali milanesi sono la precisa realizzazione e il superamento della classicità greca. Se le strade degli antichi Romani venivano tracciate secondo la perfetta linea retta, le tangenziali dei moderni milanesi sono state tracciate secondo la forma sublime del cerchio. Figura geometrica, nella quale l'inizio e la fine coincidono. Che poi è l'ideale tanto esaltato dai Greci, celebrato dai primi filosofi. Roba da fare la felicità di Eraclito, Aristotele e Platone. **È il mito dell'"eterno ritorno" rappresentato dalle tangenziali**. Che si concretizza soprattutto dalle 17,30 alle 18,30 dei giorni feriali...

Come difendersi dalle tangenziali, ovvero tutte le indicazioni precise per attraversarle e sopravvivere...

Se proprio dovete attraversare le tangenziali milanesi allora tenete bene a mente alcune indicazioni di sopravvivenza. **Ogni tangenziale ha la sua coda**, o il suo rallentamento, che si verifica puntuale e con regole fisse. In sintesi, ecco le principali regole auree suddivise per tangenziale.

TANGENZIALE EST

Code sul Viadotto dei Parchi

È la tangenziale che passa attraverso i due parchi, veri polmoni di Milano: il Lambro e il Forlanini. Grazie alla sua aria buona è molto spesso intasata. Ma gli au-

tomobilisti si mettono uno dietro all'altro contenti e diligenti. Sanno che è tutta salute, sempre per via dell'aria. E la respirano a pieni polmoni.
Molto spesso viene prescritta dai medici per i convalescenti: una puntatina al Viadotto prima dei pasti, per dieci, quindici giorni. L'assunzione deve essere regolare, per ottimizzare l'efficacia. Il ritorno in forma smagliante è assicurato.
La coda del Viadotto è la più educata di tutte le code delle tangenziali. Forse perché tutti si conoscono e si vogliono bene. C'è anche chi ha trovato l'anima gemella proprio lungo quel tratto di strada amena e salutare. Fenomeno, anche questo, attribuibile all'aria buona dei parchi e al paesaggio, che fa sognare le fughe in camporella.
Infine, sempre durante il transito e se si è fortunati, si può anche partecipare a convegni ecologisti o a dibattiti sociali.

TANGENZIALE NORD

Rallentamenti tra Milano Certosa e Sesto San Giovanni

È la tangenziale dei puristi della lingua italiana. Per questo ci tengono alle doverose distinzioni.
Lungo la tangenziale Nord non avvengono mai code, ma sempre rallentamenti tra Milano Certosa e Sesto San Giovanni. **La causa della coda è dovuta al tamponamento quotidiano** che, grazie agli efficienti controllori del traffico, avviene sempre secondo

una precisa tabella di marcia. A partire dalle 8,05, di ora in ora, fino a tarda serata. Per rispettare l'orario non si concedono bis.
Molti vengono in questa tangenziale per godersi lo spettacolo del tamponamento, che finora è ancora aperto al pubblico non pagante. E per via dello spettacolo rallentano, ma non si mettono certo in coda. Vanno solo un po' più piano.
A sua volta il rallentamento causa il successivo tamponamento. E questo tamponamento, un altro rallentamento e nuovo flusso di pubblico. Quello delle 9,05. Dato il successo di spettatori alcuni controllori del traffico hanno pensato di esportare lo spettacolo all'estero, magari organizzando un tour europeo.

Tangenziale Ovest

Code in uscita per la Tangenziale Est

È una delle più popolari, perché arriva fino a cinque chilometri tondi tondi.
Gli automobilisti milanesi non si perdono d'animo e si sono organizzati. Durante la coda, infatti, sono famose le tombolate, o le partite a scopone scientifico tra colleghi "incodati".
Negli ultimi anni però gli automobilisti milanesi lamentano degli infiltrati. Sicuramente dei *terun*, a giudicare dai modi sfacciati manifestati durante la coda, e soprattutto dall'introduzione del gioco del Lotto, di chiara origine partenopea. Tale gioco sta riscuo-

tendo un grandissimo favore del pubblico, per via dei molti "numeri" che si registrano lungo il tragitto in questione. Per questo hanno indetto il trofeo "Faccia di Bronzo". Premio nato per pubblico dileggio e assurto a simbolo di guida veloce, scattante e dinamica. Viene, infatti, assegnato all'automobilista che dagli ultimi posti della coda riesce a infilarsi nella corsia d'emergenza, scavalcare tutto il biscione di macchine senza mai suonare il clacson e, infine, superare le automobili che stanno immettendosi nello svincolo per la Tangenziale Est. Deve raggiungere la *pole position*, ma "senza passare dal Via"...
Attenzione: **il superamento finale deve avvenire solo quando le auto nemiche stanno immettendosi**. Né prima né dopo. Deve, insomma, trattarsi di un vero *rush* finale. Pena l'eliminazione dalla gara e la squalifica per il prossimo giro di tangenziale.
Non tutti sono in grado di riuscire in questa gincana. Occorrono fiuto per cogliere il "momento giusto" e prontezza di riflessi, quindi l'abilità dello scatto e della determinazione. Doti da vera "Faccia di Bronzo".

Le circonvallazioni

Le tangenziali non sono nate *ex novo*. Hanno alle spalle un esempio storico illustre, imitato da tutto il mondo. Sono le circonvallazioni milanesi. Quelle che i francesi hanno copiato, cambiando il nome *periferique*, ma lasciando inalterata la sostanza. **Il marchio è dunque milanese al 100%**.

Se non siete mai stati a Milano iniziate a memorizzare che due, e solo due, sono le circonvallazioni. Una interna e una esterna.
Ma è doveroso un distinguo. L'interna attraversa il centro: gira lungo il tracciato dei navigli milanesi. L'esterna invece circonda, accerchia, cinge la città.
Per affrontare senza possibilità di sbagliare una circonvallazione milanese è bene iniziare dal suo significato etimologico. Circonvallazione – che è parola che contiene la latina *circum*, cioè "intorno" – significa appunto strada che gira intorno, che circonda la città.
I milanesi da dieci generazioni amano le circonvallazioni interne. Le esterne le snobbano, le lasciano a immigrati e pendolari. Insomma, sulle interne ci viaggia la *Milano bene*. E si trovano anche i *lavavetro bene*. Che, a differenza dei colleghi lavavetro della circonvallazione esterna, sono più educati, distinti, compiti e hanno soprattutto spugne più efficienti. Ma, in

doppiopetto blu a bottoni dorati, sono sempre di un'eleganza impeccabile... Capìta la differenza interna ed esterna, passiamo a un'altra nozione fondamentale. Riguarda la "morfologia". **Milano ha la forma di un tondo**. C'è chi nella forma della città ha visto un cerchio, chi una palla, chi un disco. I socialisti – dicono le malelingue – avevano visto la forma di una bella torta e se la divisero a fette... Ma questa è un'altra storia.
Una simile forma spiega come mai agli stranieri, o a chi viene per la prima volta a Milano, càpiti di continuare a girare in tondo. Semplicemente hanno imboccato la circonvallazione e non riescono più a uscire. Lo scopo delle circonvallazioni è infatti quello di godersi panorama e bellezze architettoniche. Solo vedendole, ma soprattutto "rivedendole" – spiegano i milanesi – si riesce ad apprezzarle.
Non si può venire a Milano senza farsi un giro sulla circonvallazione. Sarebbe come andare a Parigi senza godersi boulevard Saint Germain o gli Champs Elysées.

Le code

Anche conoscendole non si evitano. Per questo vanno affrontate di petto. Senza esitazioni, senza incertezze. E soprattutto senza troppe riflessioni. Mai temporeggiare di fronte a una coda. Si fa e basta.

Due sono i tempi delle code milanesi. Quella delle prime ore del mattino, dell'inizio giornata, e quella del pomeriggio, cioè di fine lavoro. E due sono i modi di affrontarle.

Nelle prime ore del giorno le code si fanno lavorando. C'è chi ha munito la propria automobile di segreteria telefonica, fax, computer. La coda non è altro che iniziare una riunione di lavoro, scrivere appunti, mandare fax.

Ma al pomeriggio la musica cambia. Il lavoro è finito e la coda è diversa. Il modo migliore di affrontare questa nuova colonna di automobili è lo spirito della guerra santa, della crociata.

Avete una meta in mente – ritornare nel più breve tempo possibile a casa – e siete circondati da infedeli che vogliono a tutti costi farvi perdere tempo. È il momento di farvi valere. **Affilate le armi e dateci sotto con i suoni di battaglia**: clacson, gestacci, imprecazioni. Sono gli strumenti indispensabili per arrivare prima. Dibattetevi nelle gincane, dribblate nel sorpasso, schivate il romano davanti a voi con lo scatto dell'accelerata.

Come guidano

I milanesi non guidano, combattono. Sono circondati da nemici che devono assolutamente superare, e per questo sono un tantino aggressivi. Non è che non

rispettino semafori rossi e sensi unici. Non è che non vedano pedoni e biciclette. Gli automobilisti milanesi considerano semafori, sensi vietati, biciclette e ogni cosa disseminata lungo il loro tragitto come esche, **trappole messe a bella posta** dai loro nemici per far perdere tempo. Per questo li affrontano con diffidenza. I loro avversari non la faranno franca. Non riusciranno a farli arrivare tardi. Il milanese purosangue guida mostrando i muscoli, dandoci dentro con i tricipiti, sferrando colpi potenti e ben mirati, centrando il bersaglio con destrezza e disinvoltura.
Del resto, le biciclette possono sempre transitare sui marciapiedi e i pedoni farsi accompagnare in automobile...
La guida milanese si dimostra particolarmente veloce e dinamica in prossimità dei semafori. Quelli a doppia corsia sono i più graditi. È lì che si prova lo scatto. Sulla doppia corsia si sperimenta l'abilità del guidatore. Che al verde del semaforo schiaccia a manetta l'acceleratore per vincere in sprint l'automobilista che sta al suo fianco.
Chi venisse per la prima volta a Milano deve prestare particolare **attenzione ai giorni in prossimità del Gran Premio**. Monza è un appuntamento importantissimo per Milano, alla pari del Natale o di Sant'Ambrogio.
I milanesi vivono il Gran Premio come uno degli avvenimenti municipali più importanti dell'anno. E si

preparano all'evento sintonizzandosi e collegandosi mentalmente con il circuito monzese. Per loro i semafori si trasformano in bandiere a scacchi bianchi e neri. I vigili diventano ispettori di gara. I pedoni, il pubblico pagante.

Le schede parcheggio

Come in tutte le metropoli, il problema parcheggi è uno dei più urgenti. Pochi e riservati, **i parcheggi che vanno per la maggiore sono quelli sui marciapiedi**. Ma riuscire a conquistare il marciapiede non è facile. I più belli e vicini a casa di solito sono marciapiedi riservati da molte generazioni. Infatti, hanno la targhetta con il cognome della famiglia scolpita per terra.
A mettere ordine al problema parcheggi è stata l'introduzione delle cosiddette "schede parcheggio". Sulla scia del fortunatissimo biglietto della lotteria "Gratta e vinci", è stato, infatti, ideato il parcheggio "Gratta e sosta".
Nelle aree centrali i parcheggi si pagano. Eliminate le inutili macchinette – mangiaposti di lavoro – che stabilivano il parcheggio a ore, Milano ha assunto nuovo personale, creando dal nulla la figura dell'"ausiliario della sosta". Nome che a pronunciarlo mette serenità nel cuore di chi anela a un parcheggio. **L'ausiliario è una figura magica** che porta con sé tutto l'augurio di una città – e di una giunta comunale so-

prattutto – per garantire la sosta e i voti elettorali. Un po' come l'angelo custode, chi parcheggia sa di averne uno alle spalle...
Uomini e donne, con pettorale verde dai simboli comunali, girano nelle zone del centro e mettono sui tergicristalli la scheda che segnala la sosta in uno spazio a pagamento. Poche righe in cui si prega di rivolgersi all'ausiliario più vicino per acquistare una scheda parcheggio. Pena: multe salate.
Secondo alcune leggende metropolitane un milanese attraversò tutta Milano prima di trovare un venditore di schede. Aveva parcheggiato in Sant'Ambrogio e trovò il guardiano comunale all'Ippodromo di San Siro. Qualche chilometro a piedi, con beneficio per la salute fisica.
Da un recente sondaggio la scheda parcheggio ha moltissima fortuna. Parente stretto del "Gratta e vinci", il "Gratta e sosta" piace ai milanesi. Che quando riescono a trovare un parcheggio si sentono baciati, abbracciati, coccolati dalla dea bendata. Sono più gratificati di quanto lo sarebbero se vincessero alla lotteria. E grattano, grattano e grattano con soddisfazione la scheda parcheggio...

Lo scooter

Un milanese doc lo si riconosce dallo scooter. La carta d'identità comunale è il libretto di circolazione.

LA GUIDA MILANESE RAGGIUNGE IL "TOP" AI SEMAFORI.

Perché si sa: girare per Milano in auto è praticamente impossibile. Ore di coda e ore di sfinimento morale per trovare un buco per parcheggiare.
Ecco allora l'alternativa allo stress: la motocicletta, il cinquantino, il 125, detto in lingua ambrosiana lo scooter. Ce ne sono di vari modelli. Ultimamente fanno tendenza quelli massicci e grossi, dal sedile come il divano Frau o simili al puf anni '70.
Fa molto chic avere il motorino con il tettuccio: significa saper affrontare la città in ogni stagione. Modelli "coperti" si trovano però solamente nei pressi di via Montenapoleone. Sembra che i suoi abitanti siano gli unici che se li possano permettere.
Di solito il milanese che possiede lo scooter tiene la station wagon nel box. È pronta per affrontare il fine settimana, le vacanze intelligenti, i giorni fuori città. Ultimamente si sta registrando un'alternativa al mitico scooter. Il fuoristrada, di solito un 4x4 da safari, con navigatore compreso nel prezzo. Sembra sia un mezzo efficacissimo per affrontare pavé sconnessi, lavori in corso nel mezzo degli incroci, parcheggi in doppia corsia sui marciapiedi.

Milano in bici

Milano come Amsterdam e Pechino e la bicicletta come stile di vita. Andare in bici nella metropoli lombarda significa intraprendere un percorso esistenziale alternativo, il cui traguardo condurrà all'amore e al rispetto per il creato, i parchi, i fiori e soprattutto gli alberi. Sì, perché, se in macchina il parcheggio è sinonimo di spazio utopico e astratto, in bicicletta si realizza il connubio perfetto uomo-natura. Soprattutto perché si è costretti a parcheggiare sopra gli alberi, dato che anche le grondaie sono occupate. Di qui l'amore dei milanesi per le piante.

Andare in bici a Milano, significa farci un baffo a Rambo, sorridere alle banali peripezie di Indiana Jones, annoiarsi alle acrobazie degli 007...

Chi vuole provare a se stesso di essere in grado di superare i limiti fisici della sua sostanza di uomo non deve fare altro che montare su un sellino e darci dentro con lo scatto del polpaccio. Damping Jumping e voli liberi sui deltaplani non sono nulla in confronto all'adrenalina che si sviluppa dribblando rotaie di tram e pavé sconnesso. Perché è noto. Vivere a Milano significa affrontare quotidianamente la sfida delle sfide: uscire di casa con la testa sul collo e farvi rientro confermando che ogni arto, muscolo e lembo di pelle è ancora rimasto appiccicato alla nostra mite personcina. Conferma che giunge **solo** dopo essersi guardati per bene allo specchio, e pertanto l'analisi empirica dimostra che la situazione è rimasta invariata.

È vero, anche nella città più evoluta del Nord Italia esistono le piste ciclabili. Ma a ben vedere, sembrano uscite dalla fervida fantasia del barone di Munchau-

sen, progettate dalla mente dell'inventore della "Settimana enigmistica", in particolare dal curatore della rubrica "Strano ma vero".
Le piste presenti a Milano sono la gioia di critici e intellettuali, che le hanno da sempre paragonate ai grandi capolavori del passato. Ad esempio, per i musicologi sono degne della sinfonia n. 8 di Schubert, l'*Incompiuta*, mentre per gli storici dell'arte sono paragonabili alla *Pietà* del Rondanini, che, non a caso si trova proprio nel Castello Sforzesco...

Alcuni brevi assaggi chiariranno le idee anche a chi ciclista non è...
La migliore è la pista di Via Morgagni, asfaltata con modo, attraversa persino dei praticelli, ma si interrompe all'incrocio di Piazza Lavater...
Similmente quella di Corso Lodi, in direzione centro. Il tracciato era troppo semplice. Per soddisfare i ciclisti intrepidi, ardimentosi e avventurosi, il tracciato è stato interrotto senza segnalazioni inserendo sull'altro lato una pista ciclabile, ma in direzione opposta.
La più ironica è quella presente nell'Alzaia Naviglio Grande: esiste, ma nella mente di chi ha piazzato i cartelli della sua presenza.
La più impegnativa resta quella sul cavalcavia Bussa, che passa sopra la stazione di Porta Garibaldi: la pista fa piena mostra di sé, ma senza l'accesso per le biciclette. E allora, bici in spalla con benefico poten-

ziamento di spalle e pettorali... Infine, un'ultima indicazione sull'equipaggiamento del ciclista a Milano. Prima di uscire di casa, fate scorta di elastici o mollette da posizionare sull'orlo dei pantaloni, munitevi di pantaloni, giacche e ponchi impermeabili, e soprattutto di giubbini fosforescenti ad alta visibilità. Se proprio ci tenete, infilatevi pure una mascherina ai carboni attivi e terminate la vestizione con uno splendido auricolare collegato in Rete. Star trek resterà un *cult* sorpassato, mentre a Robocop gli farete un baffo....

IL MILANESE E LA TAVOLA

C'è poco da fare: i milanesi anche a tavola si distinguono dai napoletani, dai romani e dai siciliani. Fanno scuola a sé, non imitano nessuno, semmai vale il contrario.

La tavola va presa come la vita: senza perdite di tempo. Se un milanese vi fa l'onore di invitarvi al ristorante abbiate già in mente cosa ordinare, ben prima di varcare il ristornate scelto. Ditelo non appena il cameriere vi fa accomodare. Farete la gioia del vostro amico... E degli stessi ristoratori, che pare abbiano assecondato questo stile conviviale rapido, immediato, dal veloce turn over.

Risale infatti agli anni '80 – ai rampanti, edonistici, anni della "Milano da bere" – l'apertura di un "ristorante a tempo". Cioè un ristorante che praticava sconti in modo inversamente proporzionale al tempo impiegato a consumare il pasto.

Meno ci si tratteneva a tavola, meno si pagava, per dirla in spiccioli. **Consumo veloce, conto più leggero**: una miscela che fece esplodere d'ammirazione e commozione i milanesi. E che poteva attecchire solo a Milano. A Roma, di certo a nessuno sarebbe mai venuta in mente una simile idea, mentre a Napoli solo a ipotizzare o accennare un locale con queste caratteristiche si sarebbe stati di colpo aggrediti da una

A MILANO LA TAVOLA VA PRESA COME LA VITA: SENZA PERDITE DI TEMPO.

banda di pizzaioli *ca pummarola 'n coppa*. La velocità nell'ordinare deve essere accompagnata da quella ancor più rapida di assimilare le pietanze. Perciò, seguite il consiglio di **non perdere troppo tempo in un'inutile masticazione**. Meno che meno nel tentativo – ozioso e deviante – di assaporare il piatto. Deglutite il più presto possibile. Così velocemente da non sapere neppure cosa avete ingerito, magari persino forchetta e coltello.
Non preoccupatevi per la digestione, e nemmeno per le posate. Il coperto è compreso nel prezzo. Va bene un Alka Seltzer. E se proprio volete conquistarvi il cuore del vostro amico, ordinate un amaro Ramazzotti. Lo vedrete cambiare espressione. Vi guarderà con un certo ghigno ammiccante. Avete preferito un'invenzione ambrosiana alla volgarissima grappa, amata dai veneti polentoni, lenti e terroni del Nord.
Se avete bene imparato che a tavola non si perde tempo, allora non stupitevi se, durante l'abboccamento con l'amico milanese, questi non vi parlerà molto, minimizzando le frasi in efficacissime ed economiccisime espressioni quali: "Passami il sale". A pranzo non si conversa. **A tavola si continua a lavorare**. Attaccati al telefono cellulare i milanesi, infatti, non smettono di informarsi su come stanno andando gli affari. C'è persino chi si porta al ristorante il computer e continua a lavorare senza tregua. Addirittura qualcuno sfrutta i momenti di attesa mandando fax, re-

digendo report e deliberando in diretta, via satellite, con il consiglio d'amministrazione.

Il panettone

Il panettone non è il dolce tradizionale di Milano. È Milano stessa. Il suo simbolo, il suo stendardo. Se i milanesi potessero, si presenterebbero estraendo non il biglietto da visita ma una fetta di panettone. Dolce che ai loro palati non regge nessun confronto. Anche perché non lo hanno mai messo in discussione, e quindi mai paragonato a nessun altro dolce. È il più buono e basta. E lo mangiano con gli occhi lucidi dalla commozione.

Emblema della città, i milanesi lo considerano non solo buono, ma anche esteticamente bello. A tal punto che lo hanno messo quasi a ogni angolo della strada. Quei panettoni di cemento armato sistemati davanti a marciapiedi e ingressi pedonali, altro non sono che la realizzazione artistica del *panettun*. Sculture postmoderne, disseminate in un numero altissimo in ogni angolo di vie, vicoli e piazze. **È il principio della riproduzione dell'opera d'arte**: l'idea, l'atto creativo resta unico, e pertanto inimitabile, ma viene replicato in molteplici copie. Per la gioia dei milanesi, che quando guardano una delle sculture artistiche si commuovono. Gli occhi diventano lucidi e le parole si strozzano in gola. Magia dell'arte. Magia del *panettun*.

La cotoletta

È buona, buonissima. Stimola la fame, calma l'appetito. A Milano la prescrivono nelle ricette mediche e la consigliano in farmacia. **Pare che faccia bene per curare l'ansia**, la depressione, lo stress, l'alopecia, la gastrite e la colite. Ultimamente la stanno usando anche nell'omeopatia, e uno studioso americano ha avanzato una ricerca in cui si attesta che cura meglio dei Fiori di Bach. Un milanese da dieci generazioni ha scritto addirittura che **la formula del Viagra è un estratto di cotoletta**. Questa affermazione trova conferma nella virtù tonica della cotoletta: aumenta vigore e forza fisica, oltre a combattere e neutralizzare l'impotenza. Provare per credere. Facendo attenzione, però. Perché cucinare la cotoletta non è facile. Riuscire a ottenere la doratura "terapeutica" significa osservare i momenti di una funzione liturgica. **La sua sacralità inizia nella scelta della carne**. Rigorosamente col *manegh*, cioè con l'osso: la tradizione culinaria meneghina non ammette deroghe proprio nell'elemento principale della cotoletta. Quindi, il rito prosegue con l'impanatura nell'uovo e in seguito nel pane grattugiato. Infine, la cottura su uno strato di burro. L'antica tradizione prescrive di cambiare pentola e condimento a ogni lato.

Ad ogni modo, il prodotto finito deve essere dorato e croccante e accompagnato da alcune fette di limone. Starete già meglio dopo la prima somministrazione. La guarigione è assicurata dopo una terapia intensiva di una settimana. **Non si prevedono effetti collaterali**.

Il Campari

Rosso, piccole e quasi impercettibili bollicine, bianca schiuma in superficie. Non va bevuto, ma centellinato, assaporato, sorseggiato lentamente permettendo alle bollicine di attaccarsi al palato e di scivolare dolcemente in gola.

Non è un aperitivo. È **l'aperitivo** per antonomasia. È il *sciur* Campari. Da servire rigorosamente con l'oliva verde. Che, se qualcuno è un tantino nazionalista, coglie in tale esibizione cromatica i tre colori dell'Italia (rosso della bibita, bianco della schiuma e verde dell'olivetta). Roba da far commuovere addirittura il genovese Mazzini e il piemontese Cavour. Che al dire dei milanesi volevano l'Unità d'Italia proprio per bersi il Campari.

Non si tratta di una bevanda. Non si tratta di una bibita, nemmeno di un drink. Per il milanese "che non deve chiedere mai" **basta dire "aperitivo" che gli viene servito all'istante**, rosso, bianco e verde: l'unico e inimitabile, il *sciur* Campari.

Se un amico di Milano vi invita a bere qualcosa a metà mattinata o a metà pomeriggio, non provatevi a or-

dinare un prosecco, scordatevi Bellini e spumantini. Il milanese che sta al vostro fianco vi classificherebbe subito per un sempliciotto di provincia. Comincerebbe a chiedervi se avete origini nella Val Brembana o se avete parenti nelle valli bergamasche o, peggio ancora, nelle campagna della Brianza.
Mostratevi pronti ad accettare i costumi meneghini. Non dite aperitivo, ma chiedete **l'aperitivo**. Ammiccate all'amico, che vi darà qualche pacchetta sulle spalle e vi apprezzerà come un collaudato uomo di mondo.

GRANDE MILANO

Milan l'è un gran Milan. C'è poco da dire. Quel che qui accade è sempre grande, maestoso, eccelso. Qui è la *grandeur d'Italie*, il trionfo della Summa, l'apoteosi degli accadimenti. Qui non esistono i diminutivi. Qui tutto si accresce, si moltiplica, si esalta. A Milano c'è l'esplosione dell'"issimo", del magnifico, del "celeberrimo".

Solo ciò che viene fatto all'insegna del "grandioso" è degno di Milano. Il resto scivola, passa, si trasferisce in un'altra sede o va a finire nel dimenticatoio.

Questo vale tanto per le iniziative, quanto per le opere pubbliche. Vale anche per le persone. **Solo i grandi vengono ricordati**. Ad esempio, Craxi: era così grande che i milanesi non riescono ancora a dimenticarlo. E così per Pillitteri.

Lo stesso discorso vale per le opere pubbliche.

Pensiamo al Duomo, al *Domm*. Si può definire solo una chiesa? Si può chiamare solo una cattedrale? Di più, molto di più. Per i milanesi è l'ideale di bellezza, perfezione, grazia ed eleganza che prende forma, che si concretizza.

Non è bello. È bellissimo. Non è grande. È grandissimo, magnifico, spettacolarissimo. E questo vale anche per la Scala. Che non è un teatro adibito a manifestazioni musicali. È il tempio mondiale della lirica.

O il Museo Civico di Storia Naturale, il più importante museo italiano. E ancora: la stazione. È grande quanto un paese. Infatti ogni quattro anni si indicono le elezioni comunali.
E il grattacielo Pirelli? 127 metri di altezza per lasciare a bocca aperta chi voglia portare lo sguardo fino in cima.
Prendiamo la Fiera di Milano, inaugurata nientemeno che da Vittorio Emanuele III e in seguito ampliata a tal punto che oggi si è trasformata in un complesso che si estende su oltre 14 ettari di terreno. Grande? Grandissima. **Roba che si entra a Milano, da piazza Giulio Cesare, e si esce in Svizzera**, al centro di Lugano...
Ah, Milan, che gran Milan!

La fabbrichetta

La fabbrichetta è un concetto arcaico. È nato assieme alla stessa città. Basta sfogliare antichi testi – ad esempio le pagine di Bonvesin de la Riva (*De magnalibus urbis Mediolani*) – per scoprire che sin dal XIII secolo se ne aveva conoscenza. *De fabbrichettibus mediolanensibus*, scriveva Bonvesin intitolando la disserzione. Capitolo in cui si legge: "milanenses habent multa facultates, reponent ingenia in operis, ideo ut fabbrichettibus". Ottocento anni dopo il concetto è arrivato sino a noi integro, smagliante, senza una sbavatura. Praticamente così come era nato.

A MILANO NON ESISTONO I DIMINUTIVI.

Creativi e dinamici, **la maggiore qualità dei milanesi è di realizzare progetti**, concretizzare iniziative. In questo sono dei maestri. Per questa loro abilità sono diventati famosi in tutto il mondo, tanto che alcuni milanesi hanno creato la fabbrichetta del *made in Milan*.
Le fabbrichette sono l'esempio tangibile, evidente, "fisico" del dinamismo e del pragmatismo meneghini. Ne esistono un numero spropositato, tra industrie, società, associazioni, cooperative e qualsiasi altra forma di aggregazione sia permessa dalle leggi italiane. **Cinque milanesi su dieci possiedono la fabbrichetta**. Il più delle volte è costituita da una sola persona che riassume in sé la figura del principale, capo fabbrichetta, operaio, fattorino e autista del principale.
La fabbrichetta è come un capo firmato. Si deve possedere perché fa status symbol. E in questo i milanesi sono molto sensibili.
Un milanese che si rispetti quando si presenta regala sempre un biglietto da visita con le indicazioni precise della fabbrichetta. Serve per mettere in chiaro molte cose. Per esempio, prendere le distanze. Cercando – come insegnano gli imprenditori milanesi – di rimanere umili. Non diranno mai: "Ho la fabbrica". Oppure: "Ho una fabbrichissima". Ma semplicemente: "Possiedo una fabbrichetta..."

Milano-Roma

La rivalità tra Roma e Milano ha origini che si perdono nelle pagine dei libri di storia antica. Romani e milanesi si sono sempre amabilmente odiati. È noto e provato che l'astio risale alla dominazione longobarda. Recenti studi storiografici provano che il rancore risale addirittura alle contese tra Romani e Celti, e prima ancora con i Galli di Brenno.
Il motivo di tanta rivalità fin dai tempi antichi è sempre stata **la lotta per diventare capitale d'Italia**. La disputa durò parecchi secoli. Per un pugno di voti – dicono i milanesi – l'ebbe vinta la Roma papalina e corrotta. Ma Milano tenne stretto lo scettro della capitale morale. E della città che lavora.
Maneggioni, intriganti, perditempo, boriosi. Per i milanesi questi sono i principali difetti dei romani.
Di contro i romani ripetono in coro che i milanesi non sanno vivere, sono chiusi e ostili, un pochino zotici e privi del senso dell'humour.
Di fatto, nel tempo si sono registrate numerose differenze tra le "popolazioni" italiane. Le due più importanti sono quelle che hanno opposto gli imprenditori ai politici.
I milanesi sono sempre stati degli imprenditori. La fabrichetta è una loro invenzione.
I romani, più abili nell'oratoria e maestri di retorica, **hanno da sempre organizzato eserciti di politici**. Se

analizziamo i milanesi, che solo negli ultimi anni sono entrati in Parlamento, scopriamo che questi sono ex imprenditori entrati in politica più per difendere i propri interessi – magari fondando nuovi partiti – che per adesioni ideologiche. Non hanno alle spalle la gavetta romana della sezione di partito.
Il milanese ha sempre molta voglia *de laurà*. Al contrario del romano che *a laurà* ci deve essere mandato, a spinte.
Il romano si sente l'erede storico di una civiltà conquistatrice. Per questo cerca il potere politico. Il milanese, invece, è l'erede di una popolazione di lavoratori, magari un pochino rozzi, ma efficaci, pratici. *A laurà* ci vanno per istinto. *A dormì* ce li mandano a forza...

Milano in cagnesco

Un milanese che si rispetti ama gli animali, in particolare i cani. Simile amore ha una spiegazione antica, le cui radici affondano nella stessa storia della città. L'origine della passione cinofila risale a un illustre e nobile milanese vissuto nel XIV secolo, ed è testimoniata e certificata da un antichissimo modo di dire, giunto sino a noi nella versione storpiata del dopoguerra.
Nel Trecento, padrone incontrastato della città era niente meno che Barnabo Visconti, potente quanto

crudele e rozzo signorotto, che aveva ereditato parte dei domini dello zio Giovanni. Tra questi, anche il palazzo dell'antenato Luchino, in via San Giovanni in Conca, oggi piazza Missori. Il feroce aristocratico scelse quella dimora come sua casa, fortificandola. Aveva la passione dei cani e pertanto riempì il palazzo di tali bestiole, di ogni razza e genere. Gli ospiti erano talmente numerosi che Barnabo, non avendo il tempo per poter badare a ciascuno di loro, emise un'ordinanza nella quale obbligava i milanesi suoi sudditi a tenere a dimora un esemplare canino, nutrendolo e accudendolo. Ciascun cittadino riceveva un assegno per il mantenimento dell'amato animale, ma era obbligato ogni quindici giorni a recarsi con il cane affidato alla dimora di Barnabo. Il signorotto in persona svolgeva il rigoroso controllo sulla bestiola, che non doveva essere né troppo grassa, né troppo magra e dal pelo molto curato. Altrimenti, multa, e molto salata.
Andare *alla cà dei can* significava recarsi alla dimora di Barnabo, con tutta l'angoscia del caso, vale a dire con l'animo pronto a ricevere le bizze e gli umori del giovin signore. Di qui la fraseologia ambrosiana a la cà di can, che significò "peggio di così"... La frase subì una cattiva traduzione nel secondo dopoguerra, i colpevoli, secondo i nonni milanesi furono i terun. I quali, volonterosi di apprendere il nobile idioma, ripetevano la frase senza riuscire però a pro-

nunciare quella "n" finale, e modificando ignobilmente il modo di dire... Inalterato rimase però il suo significato, "peggio di così".
Questa accreditata storia medievale conferma la passione smodata che il milanese ancora oggi prova per cani, cagnetti, bestiole che abbaiano, di ogni forma, razza e origine... specie se di dimensioni smodate e meglio se di razza esotica o straniera.
Tanto esiste un *mainstream*, una tendenza nella moda, nei comportamenti e nei gusti, analogamente negli ultimi anni si è consolidata una preferenza per alcune razze canine, apprezzate in anni precedenti.
Spariti del tutto Yorkshire, Barboncini, Chihuahua e Pinscher nani e volpini: cani in voga negli anni '60. Milano ha voltato pagina. A partire dalla metà degli anni Ottanta le più amate dai milanesi sono diventate le razze mastodontiche, grosse, grandi, enormi. In seguito, si sono imposte le razze straniere, per via del fatto che il milanese ha il corpo in Italia e il cuore che batte oltre frontiera...
Gli esemplari più gettonati sono divenuti i Rotweiler pari merito con i Mastini dei Pirenei, i Bovari delle Fiandre. Seguono a ruota gli Alani e gli Alaskan Malamute, quindi i sobri Doberman e i loro cugini pezzati, i Dalmata e infine i Labrador Retriever. Ultimamente si registra un'apertura a oriente, con l'accoglienza del Levriero afgano e del Pastore dell'Anatolia. Gli unici porta-bandiere nazionali restano gli italianissimi

Pastori bergamaschi, apprezzati dai *lumbard* purosangue, affiancati dai cugini maremmani. Altra apertura, infine, va registrata persino tra le razze nazionali. Cordiali e buoni addirittura con i terun, in anni recenti i milanesi hanno dimostrato di gradire il Cirneco dell'Etna e il Mastino napoletano, ma solo quando riescono ad abbaiare in milanese doc...

MILANO E LA MODA

Sin dalle origini la moda italiana ha scelto Milano come capitale. I migliori stilisti, le maggiori firme del *made in Italy* hanno trasferito uffici e studi nella capitale lombarda. Valentino, Krizia, Dolce & Gabbana, Prada, Trussardi. Per non parlare del milanesissimo Armani.
La moda si crea a Milano. Forse per questo motivo **i milanesi sanno di essere sempre "giusti"**, mai sorpassati. I milanesi sentono di incarnare l'esempio da emulare. Non si pongono il problema di essere di moda. Hanno la coscienza di **fare** moda. Per questo pensano che tutto il mondo li prenda a modello. Si sentono oggetto d'imitazione. Sono loro, i milanesi, l'incarnazione del *made in Italy*.

Sfilate e modelli

Fanno parte degli avvenimenti di Milano. Si tengono nei due appuntamenti tradizionali dell'anno: autunno e primavera, ottobre e marzo.
È il momento in cui passeggiando per il centro si incontrano comitive di Apolli e di Veneri mozzafiato.
Ed è anche il periodo più pericoloso per chi viaggia. Infatti, **durante le sfilate si verifica il maggior numero di tamponamenti** automobilistici e scontri frontali. Le

sfilate sono attesissime dai giovani milanesi, che si sono organizzati per accoglierle al meglio. Perciò, scovati gli *show room* e gli studio delle case di moda, gruppi numerosi di milanesi trascorrono questo periodo dell'anno appollaiati all'uscita per vedere qualche nuova modella o un nuovo stilista.
I più "ammanicati" riescono di solito ad avere gli agganci giusti per farsi invitare a cocktail e serate organizzati dai vari stilisti. Che, come buffet, solitamente prevedono qualche olivetta e qualche fogliolina di insalata.

Dimmi com'è strano, innamorarsi a Milano

Succede anche nel centro più attivo e produttivo d'Italia. Persino in questa città, tra fabbrichette e finanziarie, tra banche e cambi monetari, può accadere che anche l'amore trovi il suo spazio e nasca l'occasione per lo scoppio della accecante scintilla, per capirsi quella che conduce al legame sincero e soprattutto per sempre.
Anche se non ha la fama di Firenze, Parigi, Venezia e Verona, Milano offre spazi galeotti per far scoccare l'intesa sentimentale. Alcuni la paragonano a Boston, per via dei parchi. Altri a Parigi, per la voglia di *Batteaux Musch* sulla Darsena...
Va subito chiarito che con i milanesi (uomini e donne) non avviene mai l'incontro, semmai è lo scontro: ci si

viene addosso. Del resto è logico: con tutto quello che devono fare, soprattutto nel tempo libero.
Il romanticismo, per via della loro essenzialità, è un tantinello ridotto. Le candele le accende per risparmio energetico, se passeggia nel parco, è per abbreviare il tragitto, se vi apre la portiera dell'auto, è perché si è inceppata la sicura.
Del resto, meglio innamorarsi di chi è pratico, schietto e soprattutto di chi **non** vi abitua a romanticismi inutili e oziosi, che inevitabilmente perderebbe nel corso degli anni.

Se si esce con un milanese dovrete essere pronti con un' ora di anticipo, e aspettare dietro alla porta di casa, finché non lo sentirete arrivare. Fondamentale però è essere corredati di tutti i gadgets, le griffes, i kit giusti e tosti, gli unici e autentici galeotti del colpo di fulmine... Seguite le indicazioni riportate di seguito e sarete adatti ad affrontare una serata "strana" con un milanese... Non garantiamo l'innamoramento, ma di sicuro farete colpo.

Griffes

Le firme sono Milano stessa. C'è poco da dire. Per un milanese indossare un abito di Armani è come per un parigino cantare la *Marsigliese*. **L'abito di Armani per il milanese è un po' come la divisa** per il poli-

I MILANESI NON SEGUONO LA MODA:
COME MI STA?
MOLTO MENEGHINO.
R.
I MILANESI LA FANNO!

ziotto: serve anche a distinguerlo da un carabiniere. Il milanese deve essere griffato, altrimenti verrebbe confuso per un veneto, o un piemontese. O, peggio ancora, per un *terun*.
Anche perché la griffe è il milanese stesso, che si sente oggetto di imitazione. Che senso avrebbe essere guardato, anzi fissato e additato dagli stranieri?

Il tipo e la tipa "giusti"

Se essere di moda non è un problema che i milanesi si pongono, perché si sentono loro la moda, ci sono però delle griffes da preferire rispetto ad altre. Sono marche che vanno più in un momento, ma solo perché a lanciarle è stato un milanese doc. Oppure sono griffe-simbolo di Milano. Indossarle è come mettere i colori della città.
Armani: non solo fa tendenza, non solo crea la moda, ma le sue creazioni sono un vero cult per i milanesi.
Poi viene Trussardi.
E ancora: Prada. Queste firme, queste **griffes fanno "in"**, sono una garanzia per essere **"ok"**.
Ci sono però delle costanti, dei capi, degli optional che offrono la garanzia immediata, per chi li possiede, di essere subito giudicato "in", che non lasciano dubbi, mai. Vediamoli con ordine.

Il kit "troppo giusto"

Tanto per cominciare, **se si possiede già uno dei capi delle firme più illustri di Milano si è a buon punto**. Se nel vostro guardaroba si trovano vestiti di Armani, Trussardi, Krizia, Valentino, Genni, Gucci, Moschino, state sicuri che i milanesi vi getteranno un'occhiatina di simpatica distanza.
Ma per essere invitati a una festa organizzata da un milanese dovrete seguire un elenco un po' più rigoroso.

Per cominciare **le marche sportive**, anche se straniere, devono essere rigorose: la Lacoste, a manica corta vale per l'estate, lunga per l'inverno; la Polo per pantaloni e camicie.

Per **le giacche**, sono molto "in" quelle dalla firma prestigiosa di Cantarelli, che costano come un mobile d'antiquariato, ma sono un investimento che dura nel tempo, dicono. I commessi...
Nel taschino deve essere sempre messa in bella mostra una stilografica Mont Blanc. Non importa se per scrivere un numero di telefono impiegate mezz'ora, perché si è seccato l'inchiostro. La stilografica è una penna difficile, si sa. L'importante è che si veda il tappo bianco e nero che spunta dalla giacca. Sarete preso di sicuro per un intellettuale. Il soprabito, l'impermeabile, deve essere rigorosamente Burberry. La

sua fodera a quadratoni è un vero simbolo d'eleganza, più la esibite, meglio è. Per l'eleganza, ovviamente. La sciarpa deve essere sempre Burberry, perché fa pendant con l'impermeabile.
Vanno comunque bene anche la Mon Clair, la Fay.

Anche **le scarpe** vedono un'incursione straniera. Giustissime sono le Tod's. Sono belle, dicono i milanesi, perché nascono belle. Meno prestigiose le americane Timberland. Il motivo? Non ha senso comperarle a Milano. Se proprio piacciono si devono acquistare negli States... Che costano decisamente meno: per questo vale la pena farsi un bel viaggetto nella Grande Mela. Con il costo del volo si va a pari con il prezzo delle Tod's. Veramente ok sono le scarpe di Prada. È il simbolo di Milano.

Le ragazze, che vogliono veramente essere "in", devono essere disposte a farsi un mutuo per avere **una borsetta** con il marchio della casa di Milano. Si entra così nella cerchia, nel giro, nel "club delle pradate", vale a dire nel gruppo di ragazze, di donne milanesi autoctone, ferree paladine dei valori tradizionali ambrosiani.

Infine, altro kit per chi deve avere **la valigetta**, vale a dire la maggior parte dei milanesi che lavorano sul serio. Essenziale, indispensabile, che sia di Luis Vuit-

ton. Quella rigida con tutte le LV bene in evidenza e così capiente da venire usata negli scooter anche come bauletto.
A che serve? Ma a mettere l'agenda elettronica e i biglietti da visita, che si sa, sono tanti, tantissimi, quanto gli scambi a Milano.

MILANO E LO SPORT

Milan-Inter: casciavid e bauscia

Rossoneri e nerazzurri, per l'anagrafe. Diavoli e Furie, per i cronisti sportivi. *Casciavid* e *bauscia* per i milanesi autoctoni.

Milan e Inter sono le due squadre storiche della capitale lombarda che hanno da sempre diviso Milano a metà. Come dire: guelfi e ghibellini.

Il Milan è la squadra più antica. Venne fondata da un gruppo di inglesi ancora sul finire del secolo scorso. Per questo la battezzarono con l'anglosassone "Milan". Agli inizi del '900, però, un gruppo di imprenditori milanesi doc volle mettere insieme una squadra tutta sua. **Da questa costola nacque L'Eva-Inter**, che si allontanò subito dall'Adamo-Milan.

Le due tifoserie si caratterizzarono nel tempo per alcune particolarità. **I milanisti erano i rappresentanti della Milano proletaria**, della Milano che per campare faceva lavori manuali, lavori di forza e fatica. Abituata ad usare il cacciavite, *casciavid* nell'idioma meneghino.

Gli interisti invece avevano un'origine "bene". Erano gli imprenditori milanesi, i *bauscia*, quelli che avevano i *danee* e la *fabbrichetta cunt cinquecent*... Insomma erano gli sbruffoni, gli spacconi, i gradassi, an-

che un po' fanfaroni, che sproloquiano in modo esagerato dandosi un tantino di importanza.
Il milanista era, invece, il rappresentante della Milano *coeur in man*, della città pronta a commuoversi e a mobilitarsi anche solo per un piccolo gesto. Tanto cuore e poco cervello, è vero, ma dalle spalle larghe di chi sopporta tutto e comunque. Di chi tifa ed è orgoglioso della sua squadra, anche se perde. L'interista più che generoso, sa soffrire e ci tiene a star male fino allo scadere del 90° minuto di gioco. Anche se all'80° sta vincendo 3 a 0, l'interista è corazzato alla sofferenza della rimonta avversaria e al calcio di rigore dei rivali allo scadere del gioco...
Se il Milan gioca male per 85 minuti e segna al 90°, il *casciavid* torna a casa contento, perché la sua squadra comunque ce l'ha fatta, quasi si fosse conquistata la pagnotta.
L'interista è più critico. È temutissimo dai suoi giocatori. Se giocano male sono fischi, insulti. Se segnano all'ultimo minuto, il *bauscia* si alza e tifa per la squadra avversaria. I suoi giocatori sono pagati per giocare, mica per il sollazzo. La squadra ha i suoi *danee* e, se non fruttano, si cambia investimento...
Un esempio? Quando il Milan andò in serie B aveva al suo seguito una tifoseria numerosa e compatta. Se l'Inter si fosse trovata nella stessa condizione, per riempire lo stadio avrebbe dovuto assumere delle comparse. Quando l'Inter non gioca come intendono

i suoi tifosi, questi minacciano lo sciopero del tifo. **La distinzione sportiva ebbe anche una caratterizzazione politica**. La "Fossa dei Leoni", la tifoseria del Milan, era quella che animava i centri sociali, organizzava le feste popolari e le mangiate di salamella. Era la tifoseria della sinistra. Dei comunisti, soprattutto.
La tifoseria dell'Inter, cioè i "Boys", è sempre stata di un'altra pasta. Elitaria, snob – puzza sotto il naso sostengono i milanisti, distanti perché superiori per ceto e, sangue e nascita, ribattono gli interisti – la sua area politica è la destra. Hanno i "talleri", i *danee* e se li devono difendere. Per questo, devono conservare il loro potere, mantenere salda la fabbrichetta, garantire lo stipendio ai cinquecento operai, tutti milanisti a tradimento... Gli interisti sono la destra conservatrice, consapevole di mantenere anche i loro più stretti nemici, i rossoneri.
Questo dalle origini. **Ma il calcio, come la politica, è stato soggetto a un gran ribaltone**. Negli ultimi anni, infatti, sono cambiate le compagini politiche. Colpa forse di Tangentopoli, del crollo delle ideologie, del frantumarsi dei partiti tradizionali.
Berlusconi come presidente del Milan e Moratti dell'Inter hanno fatto il ribaltone.
Segno dei tempi. Lo stesso vale per l'incontro della rivalità. Che non è più Milan-Inter, non è più il derby... La partita più sentita è divenuto il combattimento Milan e Juventus. A conferma dell'importanza di tale

ROSSONERI E NERAZZURI

(**: È COME LO SCONTRO TRA GUELFI E GHIBELLINI)

competizione si deve citare l'istituzione del Trofeo Berlusconi, vale a dire dell'incontro, fuori del campionato, tra Milan e Juve. **È un trofeo che, se la Juve perde, i suoi tifosi sono contenti**. Anzi sono proprio soddisfatti. Perché secondo le antiche leggende della curva sud della Vecchia Signora, tale trofeo è un pochino iellato, scalognato, se non infelice. Perderlo, sostiene la leggenda torinese, aiuta a vincere il campionato che verrà.

San Siro

È la "Scala" del calcio italiano. È così che l'hanno battezzata i cronisti sportivi. Se la Scala è considerata il tempio della lirica mondiale, parimenti **lo stadio Meazza è il tempio del calcio internazionale**, la cattedrale del pallone, il teatro del dribbling planetario, dell'assist cosmico. In breve, è **lo stadio**, unico, irraggiungibile, inimitabile, al massimo clonabile in monotone e banali ripetizioni.
Venne inaugurato ancora nel 1926 e per dieci anni fu di proprietà esclusiva del Milan. I cugini ricchi, gli interisti, avevano l'Arena, e nell'anfiteatro napoleonico disputavano le partite quando giocavano "in casa". In questo modo, il *bauscia* milanese indigeno affrontava le partite con lo spirito del suo grande mito, Napoleone Bonaparte. Il modello napoleonico era attivo persino nel guidare il tifo calcistico. Di qui, le vittorie

divennero imperiali e i successi trionfali, come le campagne d'Italia; i pareggi si trasformarono in concessioni imperiali, mentre le sconfitte replicavano la disfatta di Waterloo...
In seguito, le due tifoserie si riunirono e venne costruito e potenziato l'attuale stadio milanese.
La fortuna recente del Meazza è legata ai lavori di ampliamento e ammodernamento per i Mondiali '90. Undici torri cilindriche in cemento armato cingono la superba costruzione sportiva, a cui si aggiungono quattro torri angolari a supporto della copertura. La logica sottostante la grandiosa struttura calcistica è di impedire agli 85.000 tifosi che si recano allo stadio di bagnarsi. Inter e Milan in questo sono alleati perché i loro tifosi siano sempre "puliti dentro e asciutti fuori"...
È proprio grazie a questo intervento architettonico di grande civiltà, che *bauscia* e *casciavid* non prendono né l'acqua, né la neve, né il vento.
E questo vale anche per il manto erboso. Che, protetto come il verde di una serra, è impraticabile. Gibboso, ondulato, qua e là bitorzoluto, sembra friabile come pasta frolla. Perciò, giocare al Meazza può essere anche pericoloso, perché al posto della palla ti può arrivare in faccia una zolla di terreno, un pezzo di erbetta fresca, uno strato di verde. Ma, il guadagno raggiunto merita un piccolo sacrificio. Che importa per un poco di terra in faccia,

quando, seduto allo "stadio degli stadi" nemmeno il diluvio può sfiorarti?...

Lo sport all'Idroscalo

Ai milanesi, il nome rievoca la gita sociale della ditta, rimanda agli spettacoli di Japino & Carrà, alla tv di Panariello, alle feste di capodanno, quando regalano spumantino e panettone, o alle sagre paesane con porchetta e salamelle. Il nome è tutto legato alla sua portata democratica e popolare, e proprio per questo sin dalla sua nascita gli venne affibbiato lo sprezzante e altero giudizio di "mare dei poveri".
La struttura balneare venne concepita ed elaborata dalla fervida mente di Benito Mussolini, che pensò bene di offrire a tutti i suoi sudditi la possibilità di una vacanza salutare, ritemprante e corroborante. Una vacanza non all'insegna del sollazzo e dell'ozio, ma dedita a fortificare e potenziare il fisico del popolo italico... Nacque così l'Idroscalo, un ampio bacino a forma di nave, corredato di tutte le attrezzature balneari e luogo ideale per la pratica degli sport nautici, un lago sportivo che avrebbe giovato al corpo e alla mente.
La Storia seguì il suo corso, ma l'Idroscalo dal dopo guerra sino a oggi rimase la meta balneare prediletta da coloro che, non potendosi permettere una vacanza al mare, passavano l'estate in città. Pochi san-

no che la triste e cattiva fama di "mare dei poveri" venne appioppata dai *bauscia* bavosi, sbruffoni e farfalloni che non riuscivano ad avere successo nemmeno tra il pubblico femminile della spiaggia dei poveracci... Di qui il dileggio, giunto sino ai nostri giorni. La cattiveria si conservò negli anni e l'Idroscalo "mare dei poveri" era e "mare dei poveri" rimase.
Pochi sanno che, invece, a dispetto della triste fama, l'ampio bacino idrico situato nei pressi dell'aeroporto di Linate, nella periferia orientale della città, **è uno dei circuiti di nautica più importanti d'Italia**. È qui che si tengono gli incontri internazionali di motonautica e le gare mondiali di canottaggio.
Solo che le competizioni si svolgono in sordina, vengono celebrati i risultati, ma si cerca di dare meno pubblicità all'Idroscalo.
Il milanese autoctono non ama essere visto lungo le spiagge dei senza *danee*, nemmeno mimetizzandosi tra il pubblico delle gare nautiche. Il luogo suscita nel *sciur della fabbrichetta* neri pensieri e presagi di mala sorte... Tant'è che, in milanese, si dice che uno è dell'Idroscalo per indicare le sue umili origini, ipotesi a cui il *bauscia* rabbrividisce e viene colto da un improvviso attacco apoplettico... Il più delle volte, però, "mandare uno in vacanza all'Idroscalo" è l'imprecazione lanciata contro qualche *lazzaron, pelandron e flannellon*... Se ti ci mandano, ahimè, sette anni di disgrazia e fallimenti assicurati...'

Correre alla montagnetta

Il footing è uno di quei fenomeni *made in Usa* che ha attecchito subito a Milano. La corsetta è entrata a pieno titolo tra gli appuntamenti "comandati" della "capitale lombarda". Centinaia di milanesi si ritrovano, soprattutto verso il fine settimana – venerdì, sabato e domenica sono i giorni più gettonati – nel *locus amoenus* della corsa ambrosiana, alla *montagnetta*, orgoglio e cuore dei milanesi.
Correre alla *montagnetta* è un rito, che si celebra con rigore e dedizione, e sviluppa un profondo senso di appartenenza alla città. Fare la corsetta sui colli della tangenziale, aumenta la consapevolezza di essere cittadini del cuore attivo e dinamico dell'intero Paese e radica nei cuori un solido e plastico sentimento di potenza...
L'appuntamento rituale alla montagnetta richiama un tale flusso di podisti che si è reso necessario l'intervento dell'amministrazione cittadina. I corridori milanesi sono così numerosi che **il Comune è dovuto intervenire per organizzare il traffico dei maratoneti. Pertanto, la giunta milanese ha pensato bene di disseminare semafori**, sensi unici, divieti di sosta, sottopassaggi e sopraelevate lungo tutti i percorsi. Nei punti nevralgici sono stati predisposti persino dei nuclei di Pronto Soccorso, attivi soprattutto la domenica, quando il *podista fai da te* decide di scendere in pi-

sta, dopo dieci anni di "sport della scrivania", per vincere la "maratona di New York"...
In periodi dell'anno particolarmente trafficati il Comune ha stabilito che il flusso dei maratoneti venga garantito dalla presenza di alcuni *ghisa*, i vigili milanesi, gli unici in grado di tenere sotto controllo il livello di irascibilità ambrosiana. Ancora non sono state inflitte delle multe e la situazione code rimane sempre sotto controllo. Del resto è noto, al milanese fare la coda piace, lo fa sentire un vero milanese...
I *milanes* sono legati alla *montagnetta*. La considerano un vero prodigio della bonifica, della ricostruzione, del risanamento.
Verdissima, ricchissima di piante, straripante di fiori, gli abitanti di Milano quando ci vanno a correre si sentono stringere il cuore, accapponare la pelle, formicolare i piedi, pulsare le tempie... E non per lo sforzo fisico.
La storia della montagnetta è un esempio di civiltà. Milano si sa è piatta. Di montagne non ne sono mai esistite. L'alta collina, che sorge nel cuore della città, era una discarica bellica. Tutto ciò che la Seconda guerra mondiale aveva distrutto e abbattuto venne trasportato e ammassato fuori dal centro. **Su queste rovine i pacifisti tenevano comizi e sit-in**. Furono loro i primi a piantare fiorellini e pianticelle. La *montagnetta* è il simbolo della pace e della ricostruzione e i milanesi ne vanno orgogliosissimi.

La storia della montagnetta ha fatto commuovere fino alle lacrime Shapiro, i Dik Dik e i Cugini di campagna. Pochi sanno che proprio alla montagnetta si riferiscono i versi di *California*, "Cielo grigio su, foglie gialle giù...". Shapiro la idealizzò nella prima strofa di "È la pioggia che va..." – "Sotto una montagna di paure...". Infine, secondo una leggenda metropolitana, per altro mai provata, pare che alla montagnetta, "Là dove c'era l'erba...", abbia costruito la sua casa un sedicente "ragazzo della via Gluck"...

IL TEMPO LIBERO

È difficile che un milanese abbia tempo libero. La vita d'ogni giorno lo assorbe a ritmi talmente frenetici e vorticosi da non avere neanche il tempo per soffiarsi il naso.
Quando riesce a ritagliare nella propria giornata uno spazio per sé..., è nella logica dei fatti e nella razionalità degli eventi che tale spazio vada ottimizzato. Il tempo libero deve essere efficiente ed efficace. Ben speso, non sprecato, mai sciupato.
Il tempo libero deve diventare così bene organizzato da non lasciare pause o sbavature. In breve, non deve lasciare altro tempo libero. Perché anche questo andrebbe ben sistemato, ripensato e programmato.
Il milanese organizza il tempo che gli avanza dal lavoro secondo i ritmi del proprio lavoro. Sono schemi mentali divenuti automatismi per questo pratici ed efficaci. Si iscrive ad almeno tre corsi comunali o privati che lo occupino dalle 18 alle 21. Poi passa a corsi serali, dalle 21,30 alle 23. L'avanzo di 30 minuti serve per proseguire da un corso all'altro.
Il numero esorbitante di corsi e offerte per organizzare il tempo libero sono un campanello d'allarme di questo fenomeno tipicamente ambrosiano. Il Comune organizza anche corsi per migliorare il proprio look ("I colori del successo") o per gesticolare in pubblico,

persino per ancheggiare con creatività. In preparazione un corso per allontanare i vampiri e cacciare i licantropi, e uno per sconfiggere il Babau.
Ecco allora che il milanese modello, dopo aver chiuso la porta dell'ufficio, apre quella del corso di *decoupage*, passa a quello di danza orientale e finisce entrando in quello di dizione e canto.

Milano by night

Avete presente quando cala il sipario, si cambia scena e lo spettacolo si apre con uno scenario sbalorditivo, magico e ammaliante? Questa è la Milano di notte, buia, tenebrosa. È la Milano che affascina, che incanta, che fa innamorare.
Se di giorno la città indossa il doppiopetto grigio o il completo gessato, **di notte infila la giacca di lamé sgargiante** e si trasforma. Milano diventa l'illusionista funambolo, pronto a estrarre frizzi e lazzi dalle tasche, fiori e baci del cilindro nero e offrirli ai nottambuli del suo seguito, agli insonni della sua corte. *Milano by night, mister Hayde* fosca e inquieta, ma pronta a darsi senza riserve. Ecco qua la Milano disponibile ad affascinare, a divertire, a meravigliare. **Ogni palato troverà il locale adatto al proprio gusto**. Ogni passione avrà il suo sfogo in un ritrovo. Milano, per chi vuole vivere la notte, è una grande scatola magica, un contenitore dal quale estrarre manciate di

IL MILANESE ORGANIZZA IL TEMPO CHE GLI AVANZA DAL LAVORO SECONDO I RITMI DELLO STESSO LAVORO
COME ORGANIZZI IL TUO TEMPO-LIBERO?
A TEMPO-PIENO, OVVIO.
R.

polvere di stelle. Basta lanciare la polvere in alto, per vedere fiorire l'intera città.
È vero, la vita notturna si concentra sui Navigli, ma è sufficiente avere la curiosità dell'esploratore per scoprire luoghi e locali di tendenza, zone di giorno ombrose, ma vitali la notte. In dettaglio non si possono elencare tutti. Per conoscere *Milano by night*, meglio iniziare a piccole dosi, altrimenti ci si emoziona troppo. E incominciare con *il must dei must* i Navigli.

I Navigli

La meta più frequentata: tutti ci vogliono fare una capatina. Anzi, di notte è doveroso. È il *must* della *Milano by night*. Serve per iniziare, per finire o, meglio ancora, per trascorrere l'intera serata.
La notte sui Navigli ripropone quello che quotidianamente accade sulla tangenziale alle 17,30. È la fiumana di gente che si mette in coda per il divertimento. Locali presi d'assalto, birrerie e pub traboccanti di gente.
Nelle pizzerie addirittura i camerieri scrivono su un taccuino i nomi e i cognomi degli affamati, e stabiliscono i turni dei tavoli sulla base dei menù. Pertanto, se volete mangiare una *busecca*, mentre il vostro accompagnatore preferisce un risotto allo zafferano, trascorrerete la serata in tavoli separati. Se avete una raccomandazione importante, o una conoscenza nel

luogo giusto, meglio se in cucina, potete sempre sperare di cenare insieme...
Per mangiare una pizza è bene che portiate sempre con voi il vostro *curriculum vitae*: non si sa mai, se avete i numeri, un buchetto riuscirete a trovarlo.
Dalle dieci fino all'alba l'unico locale libero è il salotto della Sciura Gina che abita proprio sopra vicolo Lavandaie. Se non è troppo depressa può sempre ospitarvi e offrirvi una bottiglia di Vov fatto con le sue mani. Se è in forma vi chiederà di ballare sulle note di Memo Remigi, "Sapessi com'è strano... innamorarsi a Milano".
Se non cercate le comodità **potete sempre passare la serata sulla strada**, facendo la fila di fronte al pub che preferite. I marciapiedi sono bene sonorizzati, l'acustica è ottima e le note arriveranno fino a voi. I più assidui giurano che si cucca meglio da fuori, per questo ripetono la coda senza fermarsi mai.
In strada vi divertirete, farete amicizia. Le code, si sa, aiutano a socializzare, a conoscere gente. Non fare una coda al giorno, non sembra nemmeno di stare a Milano...
Se pensate che la musica cambi d'estate, quando la città si svuota, vi sbagliate. **D'estate i Navigli sono ancora più presi d'assalto dell'inverno**. Per la frescura, perché sono chiusi al traffico. O solo perché c'è sempre gente. Nei mesi estivi, però, dovrete fare la coda anche con le zanzare: anch'esse prediligono la fre-

scura e la buona musica, e non vogliono essere disturbate... Se rubate il posto fresco e ventilato alle zanzare, rischiate di provocare la loro rabbia e l'immediata vendetta: nuvole di insetti dalle armi affilate vi daranno la caccia, finché non vi vedranno soccombere sotto i ponfi e le bolle delle punture... Anche se prima di uscire avete fatto il bagno nell'Autan, l'attacco zanzaresco è assicurato. Le zanzare dei Navigli sono fatte così: non accettano scuse, mai...

LE FESTE COMANDATE

Sant'Ambrogio

È la festa più attesa e più desiderata dell'anno. I milanesi l'amano a tal punto che si organizzano almeno con 365 giorni d'anticipo. Perché più delle bancarelle poste nei vicoletti della basilica di Sant'Ambrogio, più dei famosi venditori di dolci, torroni, mandorlati e zucchero filato, più degli ambulanti tradizionali, che al passare della gente gridano "Oh Bej, Oh Bej"... quello che i milanesi attendono, contando i giorni sul calendario, è il ponte, il **weekendone**. Che a Sant'Ambrogio di solito è il più lungo dell'anno. Se non lo è per il calendario, lo diventa per i milanesi che ci attaccano vacanze, permessi e giorni-premio, tanto da garantirsi la settimana di vacanza assicurata. Ciò che anima i milanesi nei giorni che precedono il *Sant'Ambröus* è la programmazione della fuga dalla città, la pianificazione dell'evasione dalla metropoli, la strategia dell'allontanamento dalla propria abitazione. Il calcolo deve essere preciso e rigoroso. Nulla deve accadere nei giorni deputati alla fuga da Milano: i giornali, infatti, non escono in edicola, non hanno notizie da commentare... Nulla deve intralciare l'onda meneghina che emigra verso lidi ameni, località pittoresche, luoghi d'arte. Milano per Sant'Am-

brogio non vuole deroghe, posticipi, rinvii e ritardi. La festa della prima settimana di dicembre **è la più comandata delle feste comandate**. E i milanesi, come Garibaldi a Teano, obbediscono.
A volte però può accadere l'imprevedibile. Quando la sorte ci mette lo zampino, rovesciando con il guizzo dell'imprevisto persino la strategia più precisa, può succedere che il fatidico sette di dicembre – Sant'Ambrogio, appunto – non cada a metà settimana, o in prossimità del weekend. La data delle date può corrispondere a un sabato o, peggio ancora, a una domenica. Tale funesta occorrenza si trasforma nei cuori *lumbard* nel presagio di un anno di disgrazie, di calamità, di avversi numi...

Il Natale

Lo attendono con tanta ansia e trepidazione che allestiscono le insegne luminose e addobbano la città di alberi e Babbi Natale sin da metà settembre. Questo perché i milanesi ritengono che sia sempre meglio arrivare preparati. E soprattutto, prima di tutti.
Natale è il periodo dell'anno in cui i milanesi mostrano tutta la loro generosità. Quella che ha fatto il giro del mondo, elogiata nel detto ambrosiano: *milanés, coeur in man*. Il cuore te lo offrono tutto a Natale e, di solito, il cuore di un milanese medio pesa dai 50 ai 60 kg. A Natale le manifestazioni di bon-

PER I MILANESI SANT'AMBROGIO
È LA FESTIVITÀ PIÙ COMANDATA

tà non si moltiplicano. Si centuplicano. Esplodono, invadono la città più dei cinesi e giapponesi. Il Comune di Milano organizza premi ai più buoni, elargisce attestati di bontà, medaglie al cuore d'oro.
Si narra che a Natale venissero ricompensati, riempiti di premi niente meno che i *ghisa*... i vigili di Milano. Roba da far inorridire un napoletano o un romano, che assimilano i controllori del traffico agli arbitri calcistici. Con gli attributi connessi...
Iniziative meneghine doc sono quelle delle famiglie bene di Milano. A Natale si dimostrano così generose, ma così generose, che gli abitanti del circuito che va da via della Spiga a Montenapoleone invitano al banchetto natalizio niente meno che i *barbun*, quelli a cui Jannacci ha dedicato la canzone: "I purtav i scarpp 'e tennis". Le sciure-bene li chiamano "homeless", perché hanno fatto il corso di inglese al British Institute.
Per i *clochard* i milanesi-bene preparano mense pantagrueliche, con ogni primizia esotica ed europea, come le ostriche e lo champagne. Non importa se i *barbun* preferiscono un semplice panino al salame.
Per i *bauscia*, i *clochard* si preparano con qualche giorno d'anticipo, cercando di assorbire tutti gli odori della città, perché sanno che fa sentire il *sciur* ancora più generoso. E anche loro, i *barbun*, ci tengono ad arrivare preparati, al Natale... Natale è secondo solo a Sant'Ambrogio, anche se la contesa è

una disputa sempre aperta. A Natale, la tradizione esplode nelle sue molteplici declinazioni, dalla tavola, ai regali. Antipasto italiano, tortelli in brodo, ossibuchi, agnello ripieno e per chiudere in bellezza, panettone, sono gli ingredienti obbligatori dei milanesi doc. La mangiata di pesce della vigilia è stata introdotta dai deplorevoli *terun*... Per questo i milanesi la seguono, ma solo dopo aver isolato l'abitazione, spento tutte le luci e staccato il telefono.
Per i regali, invece, vige la norma dell'inutile. A Natale si conferma il gusto per il superfluo, l'inutilizzabile, il vano e soprattutto l'inadeguato. Da alcuni anni si è però instaurato anche nella capitale lombarda una soluzione alternativa al dono impossibile. È una via "a costo zero", che offre numerosi vantaggi in termini di risparmio, sia di tempo che di *danee*. È la strategia definibile con il termine "riciclo". E Milano, abituata a fare le cose in grande, ha delegato la gestione dell'attività di riciclaggio del regalo inutile agli uffici competenti dell'Amsa (Azienda milanese servizi ambientali). Il riciclo di Natale deve infatti seguire precisi elenchi di amici e familiari, anche se, dopo alcune anni, il regalo riciclato in origine torna nuovamente nelle mani di chi ha iniziato la catena... è la chiusura del ciclo del riciclato... Come direbbe Eraclito: "tutto ritorna..." Il Natale, quanto il regalo.

Il Ferragosto

Il Ferragosto è la festa dell'estate, ma è soprattutto la festa di chi lavora. In altre parole, è la principale festa dei milanesi, che sono consapevoli di essere i soli *a laurà*.

Il 15 di agosto si ferma la catena di montaggio, si bloccano l'import e l'export, si spegne l'indice Mibtel. La fabbrichetta chiude i cancelli e i suoi *cinqucènt* operai vanno all'Idroscalo. Milano è libera da orari e impegni, e la città si svuota. Si abbandona, si dimentica. Così almeno fino a questi ultimi anni.

Gli anni '90 hanno, infatti, registrato un'altra inversione di tendenza.

Milano, che a partire dal 15 luglio è praticamente disabitata, a ferragosto si popola di alcuni milanesi nostalgici.

Forse perché fa tendenza. Forse perché è di moda il *radical chic*. Forse perché è solo molto trendy. **Il 15 di agosto alcuni milanesi hanno scoperto che in estate si sta proprio bene in città**. Che in pieno agosto a Milano si vive meglio. Soprattutto il 15 d'agosto. Si tratta però sempre di uno sparuto gruppo di cittadini che vanta atteggiamenti elitari. Si sente di appartenere a una minoranza e pertanto non lo va troppo a sbandierare in giro. A Ferragosto, in città, nonostante le zanzare, nonostante il cemento e l'asfalto, nonostante l'umido, nonostante si boccheggi, si recupera in qualità di vita e relazioni. Per questo, il milanese che resta in città è costretto a camuffarsi, a travestirsi da *terun* o extracomunitario. Meglio non essere scoperti...

Le vacanze

Popolo di grandi lavoratori, di instancabili tira-carretta, la maggior parte del tempo che trascorre lavorando, il milanese serio e oculato lo passa pensando alle vacanze. Che in fin dei conti è una nuova forma di investimento: pensare alla vacanza significa per il *milanes* meditare su come investire i soldi guadagnati. Ciò spiega perché **i milanesi prendano d'assalto due, e sempre quelle due località** a una manciata di chilometri da casa. Chi sogna il mare, si profila unicamente la Liguria, chi predilige la montagna, la scelta corretta cade su Bratto. Non esistono altro mare e altra montagna al di fuori del Mar ligure e di Bratto.
Intere ondate di milanesi hanno colonizzato queste due località turistiche. Interi quartieri si ritrovano allo stesso posto di mare o di montagna, mantenendo gli stessi rapporti di vicinato che avevano in città. Tanto che i milanesi hanno voluto che restassero inalterati anche i nomi di vie, le indicazioni stradali della loro città. Con i medesimi "sensi unici" e gli stessi cartelli di "dare la precedenza" si sentono a casa, protetti, tra amici. Le terre ricolonizzate dal popolo ambrosiano

sono state ribattezzate: Nuova Milano per Bratto e *Noùv Milan* per l'intera regione ligure.
Oltre alle due mete privilegiate, i milanesi vanno in brodo di giuggiole per le strategie delle partenze e dei rientri.
Adorano programmare, stabilire, prevedere e soprattutto iniziare le vacanze in modo sicuro, tranquillo. **Stravedono per le partenze intelligenti**. Per questo seguono pedissequamente le tabelle di marcia indicate come "intelligentissime".
Non importa se poi si ritrovano a migliaia a intasare autostrade, trafori, traghetti – il più delle volte sono gli stessi habitué delle tangenziali, e allora fare la coda è come stare tra amiconi, e dà sollievo... Partire con intelligenza proprio come hanno deciso altri centinaia di altri italiani, significa scoprire di essere circondati da tante, tantissime persone intelligenti.

I MILANESI ADORANO LE PARTENZE-INTELLIGENTI.

Titoli in collana

Come sopravvivere ai Bebè

Barzellette, le migliori

Barzellette sporche

Ultime barzellette sui carabinieri

L'arte di rimorchiare

Scopare per guarire e dimagrire

Come difendersi dai Milanesi

Nessuna è perfetta